Paulo Coelho

Veronika beschließt zu sterben

Roman

Aus dem Brasilianischen von Maralde Meyer-Minnemann

Diogenes

Titel der 1998 bei Editora
Objetiva Ltda., Rio de Janeiro,
erschienenen Originalausgabe:
›Veronika Decide Morrer‹

Paulo Coelho: www.paulocoelho.com
Die deutsche Erstausgabe
erschien 2000 im Diogenes Verlag
Umschlagillustration von Marco Zivny

*Für St. T. de L., die, ohne daß ich es merkte,
angefangen hatte, mir zu helfen*

www.diogenes.ch
80/13/8/1
ISBN 978 3 257 05739 3

Siehe, ich habe euch Vollmacht verliehen, auf Schlangen und Skorpione zu treten, und über alle Gewalt des Feindes; und nichts wird euch beschädigen.

Lukas, 10:19

Am 11. November 1997 entschied Veronika, jetzt sei es – endlich – an der Zeit, sich das Leben zu nehmen. Sie machte ihr Zimmer sauber, das sie in einem Kloster gemietet hatte, stellte die Heizung ab, putzte die Zähne und legte sich aufs Bett.

Sie nahm die vier Schachteln mit den Schlaftabletten vom Nachttisch. Lieber wollte sie eine Tablette nach der anderen nehmen, anstatt sie zu zerdrücken und in Wasser aufzulösen, da schließlich zwischen Absicht und Umsetzung einer Absicht ein himmelweiter Unterschied besteht und sie sich die Freiheit bewahren wollte, es sich auf halbem Weg noch einmal anders überlegen zu können. Doch mit jeder heruntergeschluckten Tablette wurde sie sich ihrer Sache sicherer: Nach fünf Minuten waren alle Schachteln leer.

Da sie nicht genau wußte, wie lange es dauern würde, bis sie das Bewußtsein verlor, hatte sie neben sich auf dem Bett die neuste Ausgabe des französischen Männermagazins *Homme,* die gerade erst in der Bibliothek eingetroffen war, in der sie arbeitete. Sie war beim Durchblättern der Zeitschrift zufällig auf einen Artikel über ein Computerspiel von Paulo Coelho gestoßen. Sie hatte den brasilianischen Schriftsteller bei einem Vortrag im Hotel Grand Union kennengelernt und ein paar Worte mit ihm gewechselt. Beim Abendessen, zu dem sie Coelhos Verleger sogar eingeladen hatte, ergab sich in der großen Runde jedoch keine Gelegenheit für ein Gespräch mit ihm.

Weil sie den Autor kennengelernt hatte, dachte sie, er sei auch Teil ihrer Welt, und etwas über seine Arbeit zu lesen würde ihr bestimmt helfen, sich die Zeit zu vertreiben. Während sie auf den Tod wartete, begann Veronika über ein Computerspiel zu lesen, etwas, das sie im Grunde überhaupt nicht interessierte. Aber das war typisch für sie. Ihr ganzes Leben hatte sie den Weg des geringsten Widerstands beziehungsweise das Nächstliegende gewählt, wie zum Beispiel jetzt diese Zeitschrift.

Die Beruhigungsmittel hatten sich in ihrem Magen noch nicht aufgelöst, aber Veronika war von Natur aus passiv. Bereits die erste Zeile jedoch riß sie unverhofft aus ihrer Lethargie und führte dazu, daß sie zum ersten Mal überlegte, ob an dem Modeausdruck »nichts auf dieser Welt geschieht zufällig« nicht doch etwas Wahres sei.

Wieso dieser erste Satz gerade jetzt, da es ans Sterben ging? Welche verborgene Botschaft starrte ihr da entgegen, sofern es überhaupt so etwas wie verborgene Botschaften gibt und nicht einfach Zufälle.

Unter einem Bild aus diesem Computerspiel leitete der Journalist sein Thema mit der Frage ein: »Wo liegt Slowenien?«

›Keiner weiß, wo Slowenien liegt‹, dachte sie. ›Nicht einmal das.‹

Doch Slowenien gab es, und es lag dort draußen, hier drinnen, in den Bergen ringsum und auf dem Platz vor ihrem Fenster: Slowenien war ihre Heimat.

Sie legte die Zeitschrift zur Seite. Warum sollte sie sich jetzt über eine Welt aufregen, die nichts von Slowenien wußte: Die Ehre ihrer Nation ging sie nichts mehr an. Jetzt galt es, stolz auf sich selbst zu sein, sich zu ihrer Tat zu gratulieren, dazu, daß sie endlich den Mut gefunden hatte, dieses Leben zu verlassen: Welch eine Freude! Und sie tat es so, wie sie es sich immer ausgemalt hatte – mit Tabletten, die keine sichtbaren Spuren hinterlassen.

Veronika hatte fast sechs Monate gebraucht, um sich die Tabletten zu besorgen. Sie hatte schon geglaubt, es nie zu schaffen, schon überlegt, sich die Pulsadern aufzuschneiden. Doch auch wenn dies ein blutiges Zimmer bedeutet und die Nonnen verwirrt und bekümmert hätte, verlangt ein Selbstmord, daß man zuerst an sich und dann erst an die anderen denkt. Wenn irgend möglich sollte ihr Tod unspektakulär ausfallen, doch wenn es sich nicht umgehen ließ, würde sie sich eben die Pulsadern aufschneiden – und die Nonnen müßten dann halt das Zimmer säubern und dann schnellstens das Ganze vergessen. Sonst würde es schwierig werden, das Zimmer wieder zu vermieten; Jahrtausendwende hin oder her – die Leute glaubten immer noch an Gespenster.

Natürlich könnte sie sich auch von einem der wenigen hohen Häuser Ljubljanas stürzen. Doch würde das ihren Eltern nicht noch zusätzliches Leid bescheren? Zu dem Schock über den Tod der Tochter käme noch die Zumutung, die verstümmelte Leiche identifizieren zu müssen: Nein, das war noch schlimmer, als zu verbluten, denn es würde zwei Menschen, die doch nur das Beste für sie wollten, völlig zerstören.

Daran, daß ihre Tochter tot war, würden sie sich am Ende gewöhnen. Doch über einen zertrümmerten Schädel würden sie nicht hinwegkommen.

Sich erschießen, sich von einem Hochhaus stürzen, sich erhängen, das alles paßte nicht zu ihrer weiblichen Natur. Wenn Frauen sich umbringen, greifen sie zu romantischeren Mitteln, wie sich die Pulsadern durchschneiden oder eine Überdosis Schlafmittel nehmen. Verlassene Prinzessinnen und Hollywoodstars haben es ihnen vorgemacht.

Veronika wußte, Leben bedeutete, immer den richtigen Augenblick zum Handeln abzupassen. Und so war es dann auch gewesen; zwei ihrer Freunde, die sich ihre Klagen darüber, daß sie nicht einschlafen konnte, zu Herzen nahmen, hatten ihr jeder zwei Schachteln einer starken Droge besorgt, die die Musiker einer Disko in der Stadt nahmen. Veronika hatte die vier Schachteln eine Woche lang auf ihrem Nachttisch liegen gehabt, mit dem nahenden Tod geflirtet und sich ohne irgendwelche Sentimentalität von dem verabschiedet, was man Leben nennt.

Jetzt war sie zwar glücklich darüber, bis zum Ende gegangen zu sein, aber auch gelangweilt, weil sie nicht wußte, was sie mit der ihr noch verbleibenden kurzen Zeit anfangen sollte.

Sie dachte wieder an diesen absurden Satz, den sie soeben gelesen hatte. Wie konnte ein Artikel über ein Computerspiel mit der idiotischen Frage beginnen: »Wo liegt Slowenien?«

Da sich weiter nichts Interessantes fand, mit dem sie sich hätte beschäftigen können, beschloß sie, den Artikel ganz zu Ende zu lesen, und erfuhr: Das besagte Spiel war in Slowenien produziert worden. Weil die Bewohner dieses merkwürdigen Landes, das sonst keiner kannte, billiger arbeiteten. Vor einigen Monaten hatte die französische Produktionsfirma in einer Burg in Bled für Journalisten aus der ganzen Welt ein Fest gegeben.

Veronika erinnerte sich daran, daß sie etwas über dieses Fest gehört hatte, das ein ganz besonderes Ereignis in der Stadt gewesen war. Nicht nur, weil die Burg neu dekoriert worden war, um ihr soweit wie möglich das mittelalterliche Ambiente jener CD-ROM zu verleihen, sondern auch wegen der Polemik in der lokalen Presse: Deutsche, französische, englische, italienische, spanische Journalisten waren eingeladen worden, aber kein einziger Slowene.

Der Korrespondent von *Homme,* der auf Kosten des Magazins zum ersten Mal nach Slowenien gekommen war, um sich die Zeit damit zu vertreiben, andere Journalisten zu begrüßen und bei Gratishäppchen in der Burg angeblich interessante Dinge von sich zu geben, hatte beschlossen, sein Thema mit einem Scherz einzuleiten, der den hochgestochenen Intellektuellen seines Landes gefallen würde. Bestimmt hatte er den Kollegen in der Redaktion diverse Lügengeschichten über Land und Leute aufgetischt und ihnen beschrieben, wie unelegant und einfach sich Sloweninnen kleiden.

Das war sein Problem. Veronika war dabei zu sterben, und eigentlich sollten sie andere Dinge beschäftigen wie beispielsweise die Frage, ob es ein Leben nach dem Tod gab oder wann man ihre Leiche finden würde. Dennoch oder vielleicht gerade wegen der wichtigen Entscheidung, die sie getroffen hatte, ärgerte sie der Artikel.

Sie schaute aus dem Fenster des Klosters, das auf den kleinen Platz von Ljubljana hinaus ging. ›Wenn sie nicht einmal wissen, wo Slowenien liegt, wird Ljubljana für sie ein Mythos sein‹, dachte sie. ›Wie Atlantis oder Lemurien und die anderen versunkenen Kontinente, die die Phantasie der Menschen beschäftigen.‹ Niemand auf der Welt würde einen Artikel mit der Frage beginnen, wo der Mount Everest lag, auch wenn der Schreiber selbst noch nie dort gewesen war. Dennoch schämte sich mitten in Europa ein Journalist einer renommierten europäischen Zeitschrift nicht, eine solche Frage zu stellen, weil er wußte, daß der größte Teil seiner Leser tatsächlich keine Ahnung hatte, wo Slowenien lag, ganz zu schweigen von Ljubljana, der Hauptstadt.

Da wußte Veronika, wie sie sich die Zeit vertreiben würde. Zehn Minuten waren schon vergangen, und sie hatte noch keine Veränderungen in ihrem Organismus gespürt. Die letzte Tat in ihrem Leben würde ein Brief an diese Zeitschrift sein, in dem sie erklären wollte, daß Slowenien eine der fünf Republiken sei, die nach der Teilung des ehemaligen Jugoslawien entstanden waren.

Sie würde den Brief als Abschiedsbrief zurücklassen und keine weiteren Erklärungen zu den wahren Beweggründen für ihren Selbstmord abgeben.

Wenn dann ihre Leiche gefunden würde, sollten die Leute ruhig denken, sie hätte sich das Leben genommen, weil eine Zeitschrift nicht wußte, wo ihr Land lag. Sie lachte beim Gedanken, daß es in den Zeitungen zu einer öffentlichen Kontroverse kommen würde, ob die Ehre ihres Landes der Grund für ihren Selbstmord gewesen war oder nicht. Und sie war beeindruckt, wie schnell sie ihre Meinung geändert hatte, denn noch wenige Augenblicke zuvor hatte sie genau das Gegenteil gedacht, nämlich daß die Welt und geographische Probleme sie nichts mehr angingen.

Sie schrieb den Brief. Das versetzte sie vorübergehend in Hochstimmung und ließ sie beinah an der Notwendigkeit zweifeln zu sterben, doch sie hatte die Tabletten nun mal geschluckt, und das ließ sich nicht mehr rückgängig machen.

Sie hatte durchaus schon gutgelaunte Augenblicke wie diesen erlebt und brachte sich nicht einfach um, weil sie eine traurige, verbitterte, ständig depressive Frau gewesen wäre. Viele Abende war sie fröhlich durch die Straßen von Ljubljana gezogen oder hatte aus ihrem Klosterfenster auf den beschneiten kleinen Platz mit der Statue des Dichters geblickt. Einmal war sie fast einen Monat lang auf Wolken gegangen, weil ihr ein Unbekannter auf diesem Platz eine Blume geschenkt hatte.

Sie hielt sich für einen vollkommen normalen Menschen. Ihr Entschluß zu sterben hatte zwei einfache Gründe, und sicher würden viele Menschen sie verstehen, wenn sie sie in einer entsprechenden Erklärung darlegte.

Der erste Grund war: Ihr Leben verlief gleichförmig, und wenn die Jugend erst einmal vorbei war, würde es nur noch abwärtsgehen, sie würde altern, krank werden, Freunde verlieren. Letztlich würde Weiterleben nichts bringen, vermutlich nur mehr Leiden.

Der zweite Grund war: Veronika las die Zeitungen, sah fern und wußte, was in der Welt geschah. Nichts war so, wie es sein sollte, und sie konnte nichts dagegen tun. Und das gab ihr ein Gefühl vollkommener Ohnmacht.

Demnächst würde sie jedoch die letzte Erfahrung ihres Lebens machen, und die versprach ganz anders zu werden: den Tod. Der Brief an die Zeitschrift war geschrieben, und damit war für sie die Geschichte erledigt. Jetzt richtete sie ihr Augenmerk auf wichtigere Dinge: auf ihr momentanes Leben beziehungsweise Sterben.

Sie versuchte sich vorzustellen, wie es ist zu sterben, doch es gelang ihr nicht.

So oder so brauchte sie sich darüber nicht den Kopf zu zerbrechen, denn sie würde es in wenigen Minuten wissen.

In wieviel Minuten? Sie hatte keine Ahnung. Doch sie genoß den Gedanken, daß sie die Antwort auf die Frage erhalten würde, die sich alle stellten: Gibt es Gott?

Anders als für viele Menschen war dies für sie keine lebenswichtige Frage gewesen. Unter der ehemaligen kommunistischen Regierung war die offizielle Lehrmeinung gewesen, daß das Leben mit dem Tod endete, und sie hatte sich damit abgefunden. Andererseits war die Generation ihrer Eltern und Großeltern noch in die Kirche gegangen, hatte gebetet und Wallfahrten unternommen und glaubte felsenfest, daß Gott ihre Gebete hörte.

Mit ihren vierundzwanzig Jahren, und nachdem sie das Leben in vollen Zügen genossen hatte, war sich Veronika fast sicher, daß alles mit dem Tod aufhören würde. Daher hatte sie den Selbstmord gewählt: endlich Freiheit. Vergessen für immer.

Im Grunde ihres Herzens gab es dennoch Zweifel: Und

wenn es Gott nun doch gab? Die Jahrtausende machten den Selbstmord zu einem Tabu, zu einem Affront gegen die Religion: Der Mensch kämpft, um zu überleben, und nicht, um zugrunde zu gehen. Die Menschheit muß sich fortpflanzen. Die Gesellschaft braucht Arbeitskräfte. Ein Paar braucht einen Grund dafür, zusammenzubleiben, wenn die Liebe aufgehört hat, ein Land braucht Soldaten, Politiker und Künstler.

›Wenn es Gott gibt, was ich ehrlich gesagt nicht glaube, wird er begreifen, daß der menschliche Verstand Grenzen hat. Gott hat dieses Durcheinander voller Elend, Ungerechtigkeit, Geldgier und Einsamkeit geschaffen – sicher in der besten Absicht, doch mit verheerenden Folgen. Wenn es Gott gibt, wird er mit den Geschöpfen, die verfrüht von dieser Erde gehen wollen, großmütig verfahren, und er sollte uns vielmehr um Verzeihung bitten, daß er uns dieses Leben hier zugemutet hat.

Zum Teufel mit den Tabus und dem Aberglauben!‹

Ihre fromme Mutter hatte immer gesagt: Gott kennt die Vergangenheit, die Gegenwart und die Zukunft. Nun denn, er hatte sie in diese Welt gestellt, wohlwissend, daß sie sich am Ende umbringen würde – da durfte ihn das auch nicht schockieren.

Veronika begann eine leichte Übelkeit zu verspüren, die schnell zunahm.

Wenige Minuten später konnte sie sich schon nicht mehr auf den Platz draußen vor ihrem Fenster konzentrieren. Sie wußte, es war Winter und etwa vier Uhr nachmittags. Die Sonne ging schnell unter. Sie wußte, daß die anderen Menschen weiterleben würden. In diesem Augenblick ging ein junger Mann unter ihrem Fenster vorüber, blickte zu ihr hoch und wußte nicht, daß sie kurz davor stand zu sterben. Eine Gruppe bolivianischer Musiker (Wo liegt Bolivien? Warum fragen Zeitungskorrespondenten nicht danach?) spielte vor der Statue von France Prešeren, dem großen slowenischen Dichter, der die Seele seines Volkes so nachhaltig geprägt hatte.

Würde sie die Musik, die vom Platz herauftönte, bis zu Ende hören können? Es wäre eine schöne Erinnerung an dieses Leben: die Dämmerung, die Melodie, die Träume von der anderen Seite der Welt erzählte, das warme, gemütliche Zimmer, der hübsche, lebhafte junge Mann, der jetzt stehenblieb und sie ansah. Da sie spürte, daß das Medikament wirkte, würde er der letzte Mensch sein, der sie sah.

Er lächelte. Sie lächelte zurück. Sie hatte ja nichts zu verlieren. Er winkte. Sie tat so, als würde sie woanders hinsehen. Für ihre Begriffe ging der junge Mann bereits zu weit. Verwirrt setzte er seinen Weg fort, vergaß dieses Gesicht am Fenster für immer.

Doch Veronika war glücklich, weil sie noch ein Mal begehrt worden war. Sie brachte sich nicht um, weil ihr Liebe fehlte. Nicht, weil ihre Familie ihr zu wenig Zärtlichkeit entgegenbrachte, nicht aus finanziellen Gründen oder wegen einer unheilbaren Krankheit.

Veronika hatte beschlossen, an diesem schönen Nachmittag in Ljubljana zu sterben, während bolivianische Musiker auf dem Platz spielten, ein junger Mann unter ihrem Fenster vorbeiging, und sie war glücklich über das, was ihre

Augen sahen und ihre Ohren hörten. Noch glücklicher war sie, daß sie dies alles nicht noch weitere dreißig, vierzig oder fünfzig Jahre sehen mußte, denn es würde sich abnutzen und zur Tragödie eines Lebens werden, in dem alles sich wiederholt und ein Tag dem anderen gleicht.

Ihr Magen begann nun zu rumoren, und sie fühlte sich elend. ›Merkwürdig, ich dachte immer, eine Überdosis Beruhigungsmittel würde mich sofort einschlafen lassen.‹ Doch statt dessen fühlte sie Ohrensausen und Brechreiz.

›Wenn ich mich übergebe, sterbe ich nicht.‹

Sie beschloß, die Krämpfe zu ignorieren, und konzentrierte sich lieber auf die schnell hereinbrechende Dunkelheit, auf die Bolivianer, auf die Ladenbesitzer, die einer nach dem andern ihre Geschäfte schlossen und nach Hause gingen. Das Brausen in ihren Ohren wurde immer schriller, und zum ersten Mal, seit sie die Tabletten genommen hatte, verspürte Veronika Angst, schreckliche Angst vor dem Unbekannten.

Doch es dauerte nicht lange, und sie verlor das Bewußtsein.

Als sie die Augen öffnete, dachte Veronika nicht ›Das muß der Himmel sein‹. Im Himmel gab's keine Neonröhren, und der Schmerz, der unmittelbar darauf einsetzte, war etwas typisch Irdisches, ein einzigartiger, typisch irdischer Schmerz. Sie wollte sich bewegen, aber das tat weh. Leuchtende Sterne tanzten vor ihren Augen, und Veronika begriff, daß diese Sterne nicht zum Paradies gehörten, sondern von ihren ungeheuren Schmerzen herrührten.

»Sie kommt zu sich«, hörte sie eine Frauenstimme sagen. Und dann: »Sie sind schnurstracks in die Hölle gekommen, jetzt sehen Sie zu, wie Sie damit fertigwerden.«

Nein, das konnte nicht wahr sein, diese Stimme log. Das war nicht die Hölle, denn ihr war eiskalt und sie bemerkte, daß Plastikschläuche aus ihrem Mund und ihrer Nase ragten. Einer dieser Schläuche, der tief in ihrem Hals steckte, würgte sie.

Sie wollte ihn herauszuziehen, doch ihre Arme waren festgebunden.

»Ich mache nur Spaß, das ist nicht die Hölle«, fuhr die Stimme fort. »Es ist schlimmer als die Hölle, wo ich im übrigen noch nie gewesen bin. Es ist Villete.«

Trotz der Schmerzen und der würgenden Sonde begriff Veronika sofort, was geschehen war. Sie hatte einen Selbstmordversuch gemacht, und jemand war rechtzeitig gekommen, um sie zu retten. Vielleicht eine Nonne, eine Freundin, die unangemeldet vorbeigeschaut hatte, jemand, der ihr unerwartet etwas vorbeibringen wollte. Tatsache war, sie hatte überlebt und befand sich in Villete.

Villete, das berühmt-berüchtigte Irrenhaus, das seit 1991, dem Jahr der slowenischen Unabhängigkeit, existierte. Damals glaubte man noch, daß die Teilung Jugoslawiens friedlich vonstatten gehen würde (in der Tat mußte Slowenien nur elf Tage Krieg durchmachen); damals wurde eine Gruppe europäischer Unternehmer autorisiert, eine alte Kaserne, deren Unterhalt zu teuer geworden war, in eine Klinik für Geisteskranke umzuwandeln.

Doch kurz darauf brach der Krieg aus: erst in Kroatien, dann in Bosnien. Die Geschäftsleute machten sich Sorgen: Die Investoren waren über die ganze Welt verstreut, und keiner wußte, wer sie waren, so daß man sie nicht zu einer Sitzung bitten konnte, um ihnen ein paar Entschuldigungen vorzutragen und sie um Geduld zu bitten. Sie lösten das Problem, indem sie ein paar für eine psychiatrische Anstalt nicht gerade empfehlenswerte Praktiken übernahmen; und in dem jungen Land, das gerade einen liberalen Kommunismus abgeschüttelt hatte, wurde Villete zum Symbol der schlimmsten Auswüchse des Kapitalismus: Man brauchte nur zu zahlen, um in die Klinik aufgenommen zu werden.

Es gab genug Leute, die wegen Erbstreitigkeiten oder peinlichen Benehmens ein Familienmitglied loswerden und ein Vermögen für ein ärztliches Attest ausgeben wollten, das ihnen erlaubte, ihre Problemkinder oder -eltern einzuweisen. Andere wiederum ließen sich für beschränkte Zeit selbst in die Anstalt einweisen, um Gläubigern zu entgehen oder bei schweren Straftaten Zweifel an ihrer Zurechnungsfähigkeit zu erwecken, und kamen so ungeschoren davon.

Villete, der Ort, von wo noch nie jemand ausgebrochen war. Wo die wirklich Verrückten – die vom Richter oder von anderen Spitälern eingewiesen worden waren – mit den anderen, deren Geisteskrankheit nicht nachgewiesen oder nur vorgetäuscht war, zusammenlebten. Das Ergebnis war ein wahres Durcheinander, und die Presse publizierte ständig Geschichten über Mißhandlungen und Mißbrauch, obwohl keiner je vor Ort hatte ermitteln dürfen. Die Regierung ging zwar den Klagen nach, konnte jedoch nichts beweisen; die Aktionäre konterten mit der Drohung, überall herumzuerzählen, welche Schwierigkeiten ausländische Investoren in Slowenien zu gewärtigen hatten. Und so bestand Villete fort und brachte es sogar zu einiger Blüte.

»Meine Tante hat vor ein paar Monaten Selbstmord begangen«, fuhr die Frauenstimme fort. »Acht Jahre lang hatte sie sich nicht aus ihrem Zimmer getraut, hat nur gegessen, zugenommen, geraucht, Beruhigungsmittel genommen und fast die ganze Zeit geschlafen. Sie hatte zwei Töchter und einen Mann, der sie liebte.« Veronika versuchte ihren Kopf in die Richtung der Stimme zu wenden, was ihr aber nicht gelang.

»Nur einmal hat sie reagiert. Das war, als ihr Mann sich eine Geliebte anschaffte. Da hat sie einen Aufstand gemacht, ein paar Kilos abgenommen, Gläser zerschmissen und wochenlang den Nachbarn mit ihrem Geschrei den Schlaf geraubt. Doch so absurd es auch klingen mag, ich glaube, das war ihre glücklichste Zeit. Sie fühlte sich lebendig und stellte sich den Herausforderungen.«

›Was hat das mit mir zu tun?‹, fragte sich Veronika. ›Ich bin nicht ihre Tante, und ich habe keinen Mann.‹

»Am Ende hat der Mann seine Geliebte verlassen«, fuhr die Frau fort, »und meine Tante kehrte allmählich zu ihrer gewohnten Passivität zurück. Eines Tages rief sie mich an und sagte mir, daß sie ihr Leben geändert und mit dem Rauchen aufgehört habe. In derselben Woche, nachdem sie die Dosis Beruhigungsmittel erhöht hatte, weil sie nicht mehr rauchte, gab sie allen bekannt, daß sie sich umbringen wollte.

Niemand glaubte ihr. Eines Morgens hinterließ sie mir eine Nachricht auf dem Anrufbeantworter, in der sie sich von mir verabschiedete, und brachte sich mit Gas um. Ich hörte mir diese Nachricht mehrfach an. Nie zuvor hatte ihre Stimme so ruhig, so eins mit ihrem Schicksal und gelassen geklungen. Sie sagte, sie sei weder glücklich noch unglücklich und hielte es daher nicht weiter aus.«

Veronika tat die Frau leid, die diese Geschichte erzählte und den Tod ihrer Tante zu begreifen versuchte. Wie sollte man in einer Welt, in der man um jeden Preis versucht zu überleben, Menschen beurteilen, die zu sterben beschließen?

Keinem kommt ein Urteil zu. Jeder kennt nur das Ausmaß des eigenen Leidens oder die Sinnlosigkeit des eigenen Lebens, wollte Veronika sagen, doch wegen des Schlauchs in ihrem Mund brachte sie nur ein Würgen heraus. Die Frau kam ihr zu Hilfe.

Die Frau beugte sich über die Fesseln, Schläuche und Sonden, die Veronika gegen ihren Willen vor Selbstzerstörung schützen sollten. Veronika warf den Kopf hin und her, flehte mit den Blicken, ihr die Schläuche herauszunehmen, sie in Frieden sterben zu lassen.

»Sie sind erregt«, sagte die Frau. »Ich weiß nicht, ob Sie es bereuen oder ob Sie immer noch sterben wollen, doch das interessiert mich nicht. Ich mache hier nur meine Arbeit. Wenn ein Patient erregt ist, muß ich ihm ein Beruhigungsmittel geben.«

Veronika hörte auf, sich zu wehren, doch die Krankenschwester gab ihr schon eine Spritze in den Arm. Kurz darauf befand sie sich wieder in einer fremden traumlosen Welt, in der das einzige, an das sie sich erinnern konnte, das Gesicht der Frau war, die sie gerade gesehen hatte: grüne Augen, braunes Haar und die unbeteiligte Miene eines Menschen, der Dienst nach Vorschrift tut, ohne seine Handlungen zu hinterfragen.

Paulo Coelho erfuhr die Geschichte von Veronika drei Monate später, als er in einem algerischen Restaurant in Paris mit einer slowenischen Freundin zu Abend aß, die ebenfalls Veronika hieß und Tochter des Chefarztes von Villete war.

Später, als er sich entschloß, ein Buch darüber zu schreiben, dachte er daran, den Namen Veronikas, seiner Freundin, zu ändern, um die Leser nicht zu verwirren. Er dachte daran, ihr den Namen Blaska oder Edwina oder Marietzja oder irgendeinen anderen slowenischen Namen zu geben. Doch am Ende beschloß er, die wahren Namen beizubehalten. Wenn er Veronika, seine Freundin, meinte, würde er sie »meine Freundin Veronika« nennen. Der anderen Veronika brauchte er keinerlei nähere Bestimmung hinzuzufügen, denn sie würde die Hauptperson des Buches sein und müßte den Lesern nicht ständig mit irritierenden Zusätzen wie »Veronika die Verrückte« oder »Veronika, die versuchte, sich umzubringen« vorgestellt werden. Zudem würden er wie auch seine Freundin Veronika nur kurz in dieser Geschichte auftauchen, an dieser Stelle nämlich.

Veronika, die Freundin, war entsetzt über das, was ihr Vater getan hatte, zumal er als Direktor um den guten Ruf seiner Klinik bangen mußte und auch weil er demnächst seine Habilitationsarbeit Medizinprofessoren vorlegen wollte, die sie nach traditionellen Maßstäben beurteilen würden.

»Weißt du, woher das Wort ›Asyl‹ kommt, mit dem hier auch Irrenanstalten bezeichnet werden?« fragte sie. »Es geht auf das mittelalterliche Wort ›asylum‹ und das damals bereits wirksame Recht der Menschen zurück, in Kirchen und geheiligten Orten Zuflucht zu finden. Das Recht auf Asyl ist doch etwas, was jeder zivilisierte Mensch versteht. Wie konnte mein Vater als Direktor eines Asyls so mit jemandem umgehen?«

Paulo Coelho wollte ganz genau wissen, was geschehen war. Es gab einen ganz persönlichen Grund für sein Interesse an Veronikas Geschichte, war er doch selbst dreimal in so einem Asyl oder so einer Anstalt gewesen – 1965, 1966 und 1967. Die Anstalt, in die er eingewiesen worden war, hieß Casa de Saúde Dr. Eiras und lag in Rio de Janeiro.

Noch heute war ihm nicht ganz klar, weshalb er eingewiesen worden war. Vielleicht war seinen Eltern sein merkwürdiges, zwischen Schüchternheit und Extravertiertheit schwankendes Verhalten suspekt gewesen, zumal er den Wunsch äußerte, »Künstler« zu werden, was für sie zwangsläufig ein Schicksal als dahinvegetierender Außenseiter bedeutete.

Wenn er darüber nachdachte – was er übrigens selten tat –, dann war der eigentliche Verrückte für ihn der Arzt, der zugestimmt hatte, ihn ohne einen konkreten Grund in eine Anstalt einzuweisen. In jeder Familie schiebt man manchmal gern die Verantwortung auf andere ab und wäscht seine Hände in Unschuld, weil ja schließlich keiner die Tragweite dieser drastischen Maßnahme ermessen konnte.

Paulo lachte, als er von Veronikas seltsamem Leserbrief an *Homme* erfuhr, in dem sie sich darüber beklagte, daß eine so bedeutende französische Zeitschrift nicht wußte, wo Slowenien lag.

»Aber deshalb bringt man sich doch nicht gleich um.«

»Darum hat der Brief auch nichts bewirkt«, sagte Veronika, die Freundin, bedrückt. »Noch gestern, als ich mich hier in meinem Pariser Hotel eingetragen habe, meinte der Portier, Slowenien sei eine Stadt in Deutschland.«

Davon konnte Paulo Coelho als Brasilianer ein Lied singen, denn wie oft hatte man ihn im Ausland nicht schon zur Schönheit von Buenos Aires beglückwünscht, das irrtümlich für die Hauptstadt Brasiliens gehalten wurde. Wie Veronika war er in ein Sanatorium für Geisteskranke gesteckt worden, aus dem er, wie seine erste Frau einmal anmerkte, »nie wieder hätte herauskommen sollen«.

Doch er war wieder herausgekommen. Und als er die Casa de Saúde Dr. Eiras das dritte und, wie er sich schwor, letzte Mal verließ, hatte er sich innerlich zwei Versprechen gegeben: a) einmal über dieses Thema zu schreiben und b) sich nicht eher öffentlich darüber zu äußern, als bis seine Eltern gestorben waren; er wollte sie nicht verletzen, denn beide hatten sich jahrelang Vorwürfe deswegen gemacht.

Seine Mutter war 1993 gestorben. Doch sein Vater, der im Jahre 1997 84 Jahre alt geworden war, lebte noch und war bis auf ein Lungenemphysem (das er bekommen hatte, obschon er Nichtraucher war) kerngesund, auch wenn er sich von Tiefkühlkost ernährte, weil sich keine Angestellte fand, die seine Schrullen ertrug.

Veronikas Geschichte bot Paulo Coelho die Möglichkeit,

über das Thema zu sprechen, ohne seinem Versprechen untreu zu werden. Anders als Veronika hatte er nie an Selbstmord gedacht, doch die Anstaltswelt mit ihren Behandlungsmethoden, dem Verhältnis Arzt-Patient, dem von ihr vermittelten zwiespältigen Gefühl von Geborgenheit einerseits und Beklemmung andererseits kannte er sehr genau.

Nehmen wir also Abstand von Paulo Coelho und Veronika, der Freundin, und fahren wir mit der Geschichte fort.

Veronika wußte nicht, wie lange sie geschlafen hatte. Sie erinnerte sich daran, daß sie irgendwann mit Schläuchen in Mund und Nase aufgewacht war und eine Stimme hörte, die sie fragte:

»Möchten Sie, daß ich Sie masturbiere?«

Doch jetzt, da sie sich mit weit offenen Augen im Zimmer umsah, wußte sie nicht, ob das wirklich geschehen oder eine Halluzination gewesen war. Doch an etwas anderes konnte sie sich nicht erinnern.

Die Schläuche waren herausgenommen worden. Doch sie hatte noch immer Kanülen überall im Körper, Elektroden an Herz und Kopf, und ihre Arme waren festgebunden. Unter dem Laken war sie völlig nackt. Sie fror. Doch sie wollte sich nicht beklagen. Der Bereich, in dem ihr Bett und die Geräte für die medizinische Intensivbehandlung standen, war von grünen Vorhängen umgeben. Und neben ihrem Bett saß eine Krankenschwester auf einem weißen Stuhl und las in einem Buch.

Die Frau hatte dunkle Augen und braunes Haar. Dennoch war Veronika sich nicht ganz sicher, ob es dieselbe Person war, mit der sie vor ein paar Stunden – Tagen? – gesprochen hatte.

»Könnten Sie meine Arme losbinden?«

Die Krankenschwester hob den Blick, antwortete mit einem trockenen »nein« und vertiefte sich wieder in ihr Buch.

Ich lebe, dachte Veronika. Nun fängt alles wieder von

vorn an. Eine Zeitlang behalten sie mich noch hier, bis sie feststellen, daß ich vollkommen normal bin. Dann entlassen sie mich, und ich werde die Straßen von Ljubljana wiedersehen, den runden Hauptplatz, die Brücken, die Leute auf dem Weg zu oder von der Arbeit.

Da die Menschen dazu neigen, anderen zu helfen – nur damit sie sich besser fühlen, als sie tatsächlich sind –, werden sie mir meine Stelle in der Bibliothek wiedergeben. Mit der Zeit werde ich dieselben Bars und Nachtclubs wie früher besuchen, mit meinen Freunden über Ungerechtigkeit und Probleme der Welt reden, ins Kino gehen, Spaziergänge um den See machen.

Da ich Tabletten genommen habe, bin ich nicht entstellt: Ich bin weiterhin jung, hübsch, intelligent, und ich werde weiterhin keine Schwierigkeiten haben, Männer kennenzulernen. Ich werde mit ihnen schlafen, entweder in ihren Wohnungen oder im Wald, es bis zu einem gewissen Grad genießen, doch gleich nach dem Orgasmus wird die Leere wieder da sein. Wir werden uns nicht viel zu sagen haben und es beide wissen. Irgendwann kommt dann der Moment der ersten Ausflüchte im Stil von ›Es ist schon spät‹ oder ›Morgen muß ich früh aufstehen‹. Und dann trennt man sich am besten so schnell wie möglich und schaut sich dabei tunlichst nicht in die Augen.

Ich kehre in das Zimmer zurück, das ich im Kloster gemietet habe. Versuche ein Buch zu lesen, schalte den Fernseher ein, um die ewig gleichen Programme zu sehen, stelle den Wecker, um zu genau derselben Zeit aufzuwachen wie am Tag zuvor, erledige mechanisch alle Aufgaben, mit denen man mich in der Bibliothek betraut. Esse ein Sandwich in der Grünanlage vor dem Theater, sitze auf derselben Bank wie immer zusammen mit anderen Leuten, die auch immer dieselben Bänke aufsuchen, um ihren Imbiß zu essen, den gleichen leeren Blick haben, aber vorgeben, mit unglaublich wichtigen Dingen beschäftigt zu sein.

Dann kehre ich zur Arbeit zurück, höre mir den Klatsch darüber an, wer gerade mit wem geht, wer gerade erkrankt ist und woran und wer sich wegen eines Ehepartners die Augen ausweint, und habe das Gefühl, privilegiert zu sein. Ich bin hübsch, habe eine Stellung, kann den Mann bekommen, den ich will. Und am Abend gehe ich wieder in die Bars, und alles fängt von vorn an.

Meine Mutter, die sich wahrscheinlich wegen meines Selbstmordversuchs wahnsinnige Sorgen macht, wird sich vom Schreck erholen und mich weiter mit ihren Fragen löchern, was ich denn aus meinem Leben machen will, warum ich nicht wie die andern bin, wo doch letztlich alles nicht so kompliziert ist, wie ich meine. ›Sieh mich an, ich bin doch auch seit Jahren mit deinem Vater verheiratet und habe versucht, dir die bestmögliche Ausbildung zu geben und dir ein Vorbild zu sein.‹

Eines Tages, wenn ich es endgültig satt habe, mir immer den gleichen Sermon anzuhören, werde ich ihr zu Gefallen den Mann heiraten, den ich mir zu lieben einrede. Wir werden gemeinsame Zukunftsträume entwickeln, ein Haus auf dem Land, Kinder, die Zukunft unserer Kinder. Im ersten Jahr werden wir häufig miteinander schlafen, im zweiten schon weniger, und ab dem dritten Jahr denken wir vielleicht alle vierzehn Tage an Sex und setzen den Gedanken womöglich einmal im Monat um. Schlimmer noch, wir werden kaum noch miteinander reden. Ich werde es resigniert hinnehmen und mich dann fragen, was an mir falsch ist, weshalb er sich nicht mehr für mich interessiert, mich links liegen läßt und immer nur von seinen Freunden erzählt, als wären sie seine wahre Welt.

Wenn die Ehe am seidenen Faden hängt, werde ich schwanger. Wir werden ein Kind haben und einander eine Zeitlang wieder näher sein. Aber dann wird wieder alles wie vorher.

Dann werde ich ganz allmählich dick wie die Tante der Krankenschwester von gestern – oder von vor ein paar Tagen, ich weiß es nicht mehr so genau. Und ich werde anfangen, Diät zu halten und trotz aller Kontrolle Tag für Tag und Woche für Woche immer mehr Pfunde auf die Waage bringen. Das wird der Augenblick sein, an dem ich anfangen werde, diese Wunderpillen zu nehmen, um nicht depressiv zu werden. Und ich werde noch ein paar Kinder bekommen, die in viel zu schnell vergangenen Liebesnächten gezeugt wurden. Ich werde allen erzählen, daß die Kinder mein Lebensinhalt sind, während sie in Wirklichkeit mein Leben für sich in Anspruch nehmen.

Die Leute werden uns immer für ein glückliches Ehepaar halten, und niemand wird erfahren, wieviel Einsamkeit, Bitterkeit, Entsagung hinter diesem ganzen Glück lauert.

Bis mein Mann sich eines Tages eine Geliebte anschafft und ich einen Aufstand mache wie die Tante meiner Krankenschwester oder wieder an Selbstmord denke. Doch dann werde ich alt und feige sein, zwei oder drei Kinder haben, die mich brauchen, die ich erziehen und auf die Welt vorbereiten muß, bevor ich alles aufgeben kann. Ich werde mich nicht umbringen: Ich werde einen Aufstand machen, drohen, mit den Kindern auszuziehen. Er wird wie alle Männer klein beigeben und mir seine Liebe beteuern und schwören, es werde nicht wieder vorkommen. Ihm würde nie einfallen, daß mir im Notfall keine andere Wahl bliebe, als zu meinen Eltern zurückzukehren und dort den Rest meines Lebens zu verbringen, wo ich den lieben langen Tag den Sermon meiner Mutter über mich ergehen lassen müßte, weil ich angeblich die einzige Chance verspielt habe, mit meinem trotz seiner kleinen Fehler wunderbaren Ehemann glücklich zu sein und meinen Kindern die Trennung von ihm zu ersparen.

Zwei oder drei Jahre später wird eine andere Frau in sein Leben treten. Ich werde es herausfinden, entweder weil ich es selbst gesehen habe oder jemand es mir erzählt. Doch dieses Mal werde ich so tun, als bemerkte ich es nicht. Ich habe meine ganze Energie im Kampf gegen die vorangegangene Geliebte aufgebraucht, es ist nichts mehr übrig. Besser, das Leben so zu nehmen, wie es wirklich ist, und nicht den Vorstellungen nachhängen, die ich mir gemacht hatte. Meine Mutter hatte recht. Er wird weiterhin nett zu mir sein, ich werde weiterhin meiner Arbeit in der Bibliothek nachgehen, auf dem Platz vor dem Theater meine Butterbrote essen, meine Bücher nie zu Ende lesen, Fernsehsendungen sehen, die in zehn, zwanzig, fünfzig Jahren noch dieselben sein werden wie heute. Nur werde ich meine Butterbrote mit schlechtem Gewissen essen, weil ich immer dicker werde: Und ich werde nicht mehr in Bars gehen, weil ich einen Mann habe, der mich zu Hause erwartet, damit ich mich um die Kinder kümmere.

Nun brauche ich nur noch darauf zu warten, daß die Kinder erwachsen werden. Und ich werde die ganze Zeit an Selbstmord denken, ohne den Mut zu haben, ihn zu begehen. Eines schönen Tages werde ich zum Schluß kommen, daß das Leben nun mal so ist, es nichts bringt, sich darüber aufzuregen, und daß sich nichts ändern wird. Und mich dreingeben.

Veronika schloß ihren inneren Monolog mit dem Versprechen an sich selbst, Villete nicht lebend zu verlassen. Es war besser, allem jetzt ein Ende zu bereiten, solange sie noch den Mut und die Kraft hatte, um sich den Tod zu geben.

Sie schlief und wachte mehrfach auf. Dann bemerkte sie, daß die Apparate um sie herum immer weniger wurden, ihr Körper sich erwärmte und die Gesichter der Krankenschwestern wechselten. Doch es saß ständig jemand an ihrem Bett. Durch die grünen Vorhänge hörte sie Weinen, Stöhnen oder Stimmen, die ruhig und fachmännisch miteinander flüsterten. Manchmal begann ein Apparat, der weiter weg stand, zu summen, und dann erklangen eilige Schritte auf dem Korridor, und das ruhige, fachmännische Flüstern schlug um in barschen Befehlston.

Als sie einmal bei Bewußtsein war, fragte eine Krankenschwester sie:

»Wollen Sie denn nichts über ihren Zustand erfahren?«

»Ich kenne meinen Zustand«, antwortete Veronika. »Was mit meinem Körper passiert, ist uninteressant, wichtig ist meine Seele.«

Die Krankenschwester versuchte ein Gespräch anzufangen, doch Veronika tat so, als schliefe sie.

Als sie die Augen öffnete, bemerkte sie zum ersten Mal, daß sie verlegt worden war. Sie befand sich jetzt in einem großen Krankensaal. Die Infusionsnadel steckte noch immer in ihrem Arm, doch die anderen Kanülen, Katheter und Drähte waren verschwunden.

Ein hochgewachsener Arzt im traditionellen weißen Kittel, der zu seinem schwarzgefärbten Haar und Schnurrbart einen harten Kontrast bildete, stand vor ihrem Bett, neben sich einen Assistenzarzt mit Klemmbrett, der sich Notizen machte.

»Wie lange bin ich schon hier?« fragte sie und bemerkte, daß ihr das Sprechen schwerfiel und sie fast lallte.

»Nach fünf Tagen Intensivstation nun schon seit zwei Wochen in diesem Raum«, antwortete der Arzt. »Und Sie können von Glück sagen, daß Sie noch hier sind.«

Der Assistenzarzt sah überrascht hoch, als widerspreche der letzte Satz den Tatsachen. Veronika bemerkte seine Reaktion sofort, und ihre Sinne schärften sich augenblicklich. War sie etwa schon länger hier? War sie noch in Gefahr? Sie begann, jede Geste, jede Bewegung der beiden genau zu beobachten. Sie wußte, daß es sinnlos war, ihnen Fragen zu stellen, sie würden niemals die Wahrheit sagen. Doch wenn sie es geschickt anstellte, konnte sie trotzdem herausfinden, was los war.

»Sagen Sie mir Ihren Namen, Ihre Adresse, Ihren Familienstand und Ihr Geburtsdatum«, fuhr der Arzt fort.

Veronika wußte ihren Namen, ihren Familienstand, doch sie stellte fest, daß es in ihrer Erinnerung weiße Flecken gab: Sie konnte sich nicht genau an ihre Adresse erinnern.

Der Arzt leuchtete ihr mit einer Lampe in die Augen und untersuchte sie lange schweigend, sein Assistenzarzt tat es ihm nach. Die beiden tauschten Blicke, die Veronika nicht deuten konnte.

»Sie haben der Nachtschwester gesagt, wir könnten Ihre Seele nicht sehen?« fragte der Assistenzarzt.

Veronika konnte sich nicht daran erinnern. Sie wußte kaum mehr, wer sie war und was sie hier machte.

»Sie haben die ganze Zeit unter Schlaf- und Beruhigungsmitteln gestanden, das mag Ihr Gedächtnis beeinträchtigen. Versuchen Sie bitte, auf all unsere Fragen zu antworten.«

Und die Ärzte begannen mit einer absurden Befragung. Sie wollten wissen, welches die wichtigsten Zeitungen in Ljubljana seien, wie der Dichter hieß, dessen Statue auf dem Hauptplatz stand (als könnte sie Prešeren vergessen, wo doch jeder Slowene sein Bild tief im Herzen trug!), die Haarfarbe ihrer Mutter, die Namen ihrer Arbeitskollegen, die am häufigsten ausgeliehenen Bücher der Bibliothek.

Anfangs überlegte Veronika, ob sie überhaupt antworten sollte, denn ihr Gedächtnis war noch ziemlich durcheinander. Doch im Laufe der Befragung rekonstruierte sie, was sie vergessen hatte. Irgendwann ging ihr auf, daß sie sich jetzt in einer psychiatrischen Anstalt befand und Verrückte eigentlich nicht zusammenhängend reden mußten. Doch zu ihrem eigenen Besten und um die Ärzte in der Nähe zu halten, damit sie etwas über ihren Zustand erfahren konnte, begann sie ihren Verstand anzustrengen. Und indem sie Namen und Tatsachen zitierte, erlangte sie nicht nur ihr Erinnerungsvermögen nach und nach zurück, sondern auch ihre Identität, ihre Absichten und ihre Gedankenwelt. Ihr Selbstmord, der noch am Morgen unter mehreren Schichten von Beruhigungsmitteln verschüttet gewesen war, kam wieder an die Oberfläche.

»Gut«, sagte der Arzt am Ende der Befragung.

»Wie lange muß ich noch hierbleiben?«

Der Assistent schaute zu Boden, und sie spürte, wie alles stillstand, als beginne mit der Antwort auf diese Frage ein neues, unabänderliches Kapitel ihrer Lebensgeschichte.

»Du kannst es ihr sagen«, meinte der Arzt. »Viele andere Patienten haben schon Gerüchte gehört, und sie wird es am Ende sowieso erfahren. Hier gibt es keine Geheimnisse.«

»Nun, Sie haben Ihr Schicksal selbst bestimmt«, seufzte der junge Mann und maß seine Worte. »Und jetzt müssen Sie auch die Konsequenzen tragen: Während des durch die Betäubungsmittel hervorgerufenen Komas wurde ihr Herz unwiderruflich geschädigt. Es hat eine Nekrose an der Herzklappe –«

»Machen Sie nicht viel Worte!« sagte der Arzt. »Kommen Sie gleich zum Wesentlichen!«

»Ihr Herz wurde unwiderruflich geschädigt. Und wird bald aufhören zu schlagen.«

»Was bedeutet das?« fragte sie erschrocken.

»Die Tatsache, daß das Herz zu schlagen aufhört, bedeutet nur eines: den physischen Tod. Ich weiß nicht, was Ihre Religion ist, aber –«

»Und wie lange dauert es, bis mein Herz stillsteht?«

»Fünf Tage, höchstens eine Woche.«

Veronika merkte, daß der junge Mann, der sich so professionell und besorgt gab, sich insgeheim diebisch freute, ihr diesen Befund zu sagen – als verdiente sie die Strafe und müßte künftig andern als warnendes Beispiel dienen.

Im Laufe ihres Lebens hatte Veronika begriffen, daß es unendlich viele Leute gab, die von den Schicksalsschlägen ihrer Mitmenschen in einem Ton sprachen, als ginge es ihnen darum, zu helfen. Aber in Wahrheit weideten sie sich am Leid der anderen, weil es sie glauben machte, sie selbst seien glücklich und das Leben habe es gut mit ihnen gemeint. Veronika konnte diese Sorte Menschen nicht ausstehen. Der junge Mann sollte keine Gelegenheit bekommen, auf ihre Kosten seine eigenen Frustrationen zu verdrängen.

Sie schaute ihn direkt an und lächelte.

»Dann habe ich also nicht versagt.«

»Nein«, war die Antwort. Doch seine Freude am Überbringen von Hiobsbotschaften war verflogen.

In der Nacht bekam sie jedoch Angst. Ein schneller Tablettentod war eines, etwas anderes war es, fünf Tage, eine Woche lang auf den Tod zu warten, nachdem man schon alles gelebt hatte, was möglich war.

Sie hatte ihr Leben damit verbracht, ständig auf etwas zu warten: Darauf, daß der Vater von der Arbeit kam, auf den Brief des Liebsten, der immer nicht kam, auf die Prüfungen am Jahresende, auf die Bahn, auf den Bus, auf einen Anruf, auf den ersten Ferientag, auf den letzten Ferientag. Jetzt mußte sie auf den Tod warten, für dessen Kommen der Termin schon abgemacht war.

›Das konnte nur mir passieren. Normalerweise sterben die Leute genau dann, wenn sie es nicht erwarten.‹

Sie mußte hier raus, sich neue Tabletten besorgen. Sollte ihr das nicht gelingen und die einzige Lösung sein, sich in Ljubljana von einem Gebäude zu stürzen, dann würde sie es tun. Sie hatte versucht, ihren Eltern zusätzliches Leid zu ersparen, doch jetzt gab es keinen anderen Ausweg.

Sie blickte um sich. Alle Betten waren belegt. Die Leute schliefen, einige schnarchten heftig. Die Fenster waren vergittert. Ganz vorn im Schlafsaal brannte ein kleines Licht, das merkwürdige Schatten warf und dafür sorgte, daß die Patienten ständig überwacht werden konnten. Beim Licht saß eine Frau und las in einem Buch.

›Diese Krankenschwestern müssen sehr gebildet sein. Die lesen ununterbrochen.‹

Veronika lag am weitesten von der Tür entfernt. Zwischen ihr und der Frau standen an die zwanzig Betten. Mühsam stieg sie aus dem Bett, weil sie dem Arzt zufolge fast drei Wochen durchgehend im Bett gelegen hatte. Die Krankenschwester hob den Blick und sah das Mädchen mit ihrem Infusionsständer auf sich zukommen.

»Ich möchte ins Bad«, flüsterte sie, weil sie fürchtete, die anderen verrückten Frauen zu wecken.

Die Frau wies mit einer nachlässigen Geste auf die Tür. Veronikas Verstand arbeitete fieberhaft, suchte überall nach einem Ausweg, einer wie auch immer gearteten Lücke, die ihr ermöglichte, diesen Ort zu verlassen. ›Es muß schnell gehen, solange sie noch glauben, ich sei schwach, unfähig zu reagieren.‹

Sorgfältig prüfte sie die Umgebung. Das Bad war ein türloser Kubus. Wenn sie hier rauskommen wollte, müßte sie die Wärterin packen und überwältigen, um an den Schlüssel heranzukommen. Doch dazu war sie zu schwach.

»Ist das hier ein Gefängnis?« fragte sie die Krankenschwester, die ihr Buch hingelegt hatte und sie jetzt in den Saal zurückbegleitete.

»Nein, eine psychiatrische Anstalt.«

»Ich bin nicht verrückt.«

Die Frau lachte.

»Das sagen hier alle.«

»Also gut. Dann bin ich eben verrückt. Könnten Sie mir vielleicht sagen, was es heißt, verrückt zu sein?«

Die Frau sagte, Veronika dürfe nicht zu lange auf sein, und wollte sie ins Bett zurückstecken. Doch Veronika ließ sich nicht abwimmeln und fragte erneut:

»Könnten Sie mir vielleicht sagen, was es heißt, verrückt zu sein?«

»Fragen Sie das morgen den Arzt. Und jetzt schlafen Sie, sonst muß ich Ihnen, so leid es mir tut, ein Beruhigungsmittel geben.«

Veronika gehorchte. Auf dem Weg zurück ins Bett hörte sie jemanden in einem der anderen Betten flüstern:

»Weißt du nicht, was ein Verrückter ist?«

Zuerst blieb Veronika die Antwort schuldig. Freundschaften schließen, soziale Bindungen schaffen, Gleichgesinnte für einen Massenaufstand finden – daran lag ihr nichts. Wenn eine Flucht unmöglich war, dann würde sie es irgendwie schaffen, sich so schnell wie möglich an Ort und Stelle umzubringen.

Doch die Frau wiederholte die Frage, die Veronika der Wärterin gestellt hatte.

»Weißt du nicht, was ein Verrückter ist?«

»Wer bist du?«

»Ich heiße Zedka. Geh zu deinem Bett. Wenn die Wärterin glaubt, daß du in deinem Bett liegst, dann kriech hierher zu mir.«

Veronika kehrte in ihr Bett zurück, wartete, bis die Wärterin sich wieder in ihr Buch vertieft hatte. Was hieß hier ›verrückt‹? Dieses Wort wurde in ganz unterschiedlichen Zusammenhängen, mit ganz verschiedenen Bedeutungen gebraucht. So sagten zum Beispiel bestimmte Sportler, daß sie ganz verrückt darauf seien, Rekorde zu brechen. Oder man behauptete, Künstler seien verrückt, weil sie ein unsicheres, ›anderes‹ Leben führten als die ›Normalen‹. Andererseits hatte Veronika in den Straßen Ljubljanas schon häufig im Winter dürftig gekleidete Menschen gesehen, die das Ende der Welt predigten und Einkaufswagen voller Tüten und Lumpen vor sich her schoben.

Sie war jetzt hellwach. Dem Arzt zufolge hatte sie eine Woche lang geschlafen, zu viel für jemanden, der ein Leben ohne große Emotionen, aber mit festen Ruhezeiten gewohnt war. Was hieß hier ›verrückt‹?

Veronika kauerte sich auf den Boden, zog die Infusionsnadel aus dem Arm und schlich zu Zedka. Ihr drehte sich der Magen um, aber sie achtete nicht weiter darauf. Sie wußte nicht, ob die Übelkeit von ihrem geschwächten Herzen oder von der Anstrengung herrührte.

»Ich weiß nicht, was hier ›verrückt‹ heißt«, flüsterte Veronika. »Aber ich bin es nicht. Ich bin eine gescheiterte Selbstmörderin.«

»Verrückt ist, wer in seiner eigenen Welt lebt. Wie die Schizophrenen, die Psychopathen, die Manischen. Oder besser gesagt, Menschen, die anders sind.«

»Wie du?«

»Du wirst sicher«, fuhr Zedka fort, indem sie so tat, als hätte sie die Bemerkung nicht gehört, »von Einstein gehört haben, der sagte, es gebe keine Zeit und keinen Raum, sondern nur die Verbindung der beiden. Oder von Kolumbus, der behauptete, daß auf der anderen Seite des Meeres kein Abgrund liege, sondern ein Kontinent. Oder von Edmond Hillary, der behauptete, Menschen könnten auf den Gipfel des Mount Everest gelangen. Oder von den Beatles, deren Musik und die Art sich zu kleiden nicht in ihre Zeit gehörten. Sie alle und Tausende andere haben in ihrer eigenen Welt gelebt.«

›Was diese Schwachsinnige da sagt, leuchtet total ein‹, dachte Veronika und erinnerte sich an die Geschichten, die ihre Mutter über Heilige erzählt hatte, die behaupteten, mit Jesus oder der Jungfrau Maria gesprochen zu haben. Lebten sie in einer anderen Welt?

»Ich habe einmal eine Frau in einem ausgeschnittenen roten Kleid bei minus fünf Grad Celsius mit glasigen Augen durch Ljubljana gehen sehen. Ich glaubte, sie sei betrunken, und wollte ihr helfen, doch sie hat meine Jacke abgelehnt. Vielleicht war in ihrer Welt Sommer. Vielleicht fieberte ihr Körper einem Liebsten entgegen. Auch wenn diese Person nur in ihrem Delirium existierte, hat sie doch ein Recht zu leben und zu sterben, wie sie will, findest du nicht?«

Veronika wußte nicht, was sie sagen sollte, doch die Worte dieser Verrückten machten Sinn. Vielleicht war sie ja selbst die Frau gewesen, die halbnackt durch die Straßen von Ljubljana gewandert war.

»Ich werde dir eine Geschichte erzählen«, sagte Zedka. »Ein mächtiger Zauberer, der ein Königreich zerstören wollte, schüttete einen Zaubertrank in den Brunnen, aus dem alle Einwohner tranken. Wer von diesem Wasser trank, würde verrückt werden.

Am folgenden Morgen trank die ganze Bevölkerung davon, und alle wurden verrückt außer dem König, der einen eigenen Brunnen für sich und seine Familie besaß, zu dem der Zauberer keinen Zugang hatte. Besorgt versuchte er die Bevölkerung unter Kontrolle zu bringen, indem er eine Reihe von Sicherheits- und Gesundheitsmaßnahmen erließ. Doch die Polizisten und Inspektoren hatten von dem vergifteten Wasser getrunken, hielten die Beschlüsse des

Königs für absurd und beschlossen, sie keinesfalls zu befolgen.

Als die Bevölkerung von den königlichen Verordnungen hörte, glaubte sie, der Herrscher sei verrückt geworden und würde nunmehr sinnloses Zeug schreiben. Sie begaben sich unter lautem Geschrei zur Burg und verlangten seinen Rücktritt.

Verzweifelt willigte der König ein, den Thron zu verlassen, doch die Königin hinderte ihn daran und sagte: ›Laß uns zum Brunnen gehen und auch daraus trinken. Dann sind wir genauso wie sie.‹

So geschah es: Der König und die Königin tranken vom Wasser der Verrücktheit und fingen sogleich an, sinnlose Dinge zu sagen. Nun bereuten die Untertanen ihr Ansinnen. Jetzt, da der König so viel Weisheit zeigte, könne man ihn doch weiter das Land regieren lassen.

Das Leben in diesem Land verlief ohne Zwischenfälle, wenn es auch anders war als das der Nachbarvölker. Und der König regierte bis ans Ende seiner Tage.«

Veronika lachte.

»Du wirkst überhaupt nicht verrückt«, sagte sie.

»Doch, doch, ich werde gerade behandelt, aber mein Fall ist einfach gelagert: Man muß meinem Organismus nur eine bestimmte chemische Substanz zuführen. Ich hoffe allerdings, daß diese Substanz mir nur das Problem meiner chronischen Depression löst. Ansonsten möchte ich weiterhin verrückt sein, mein Leben so leben, wie ich es mir erträume, und nicht so, wie die anderen es von mir erwarten. Weißt du, was es dort draußen, außerhalb der Mauern von Villete gibt?«

»Leute, die aus demselben Brunnen getrunken haben.«

»Genau«, sagte Zedka. »Sie glauben, daß sie normal sind, weil sie alle das gleiche machen. Ich werde so tun, als hätte ich auch von jenem Wasser getrunken.«

»Ich auch, und das gerade ist mein Problem. Ich hatte nie eine Depression, aber auch keine große Freude oder Traurigkeit, die lange andauerte. Meine Probleme unterscheiden sich nicht von denen, die alle anderen auch haben.«

Zedka schwieg eine Weile.

»Du wirst sterben, habe ich gehört.«

Veronika zögerte. Konnte sie der Fremden vertrauen? Sie mußte es riskieren.

»Erst in fünf, sechs Tagen. Ich überlege die ganze Zeit, ob es eine Möglichkeit gibt, schon vorher zu sterben. Wenn du oder irgend jemand anderes hier drinnen mir neue Tabletten besorgen könnte, bin ich sicher, daß mein Herz das dieses Mal nicht übersteht. Versteh doch, wie sehr ich darunter leide, auf den Tod warten zu müssen, und hilf mir.«

Bevor Zedka antworten konnte, erschien die Krankenschwester mit einer Spritze.

»Ich kann sie Ihnen selber geben«, sagte sie. »Aber wenn Sie wollen, kann ich auch die Wärter von draußen dazuholen.«

»Verschwende deine ganze Energie nicht wahllos«, sagte Zedka zu Veronika. »Spar mit deinen Kräften, wenn du das haben willst, worum du mich bittest.«

Veronika erhob sich, ging zu ihrem Bett und ließ die Krankenschwester ihre Pflicht tun.

Dies war ihr erster regulärer Tag in einer Irrenanstalt. Sie verließ die Krankenstation, frühstückte im großen Speisesaal, in dem Männer und Frauen gemeinsam aßen. Stellte fest, daß anders als in den Filmen, wo Aufbegehren, Geschrei, irres Gestikulieren gezeigt wurden, hier alles wie in eine Aura bedrückender Stille eingehüllt war. Niemand schien seine Innenwelt mit Fremden teilen zu wollen.

Nach dem recht ordentlichen Frühstück (schlechtes Essen konnte man Villete wahrlich nicht anlasten) gingen alle hinaus, um ein Sonnenbad zu nehmen. In Wahrheit schien überhaupt keine Sonne, die Temperatur lag unter dem Gefrierpunkt und der Garten unter einer Schneedecke.

»Ich bin nicht hier, um mein Leben zu bewahren, sondern um es aufzugeben«, sagte Veronika zu einem der Krankenpfleger.

»Das ist egal, Sie müssen trotzdem ins Freie und an die Sonne.«

»Hier sind wohl Sie die Verrückten: Es scheint gar keine Sonne!«

»Aber das Licht beruhigt die Patienten. Leider dauert unser Winter sehr lange. Andernfalls hätten wir viel weniger Arbeit.«

Es lohnte nicht zu streiten. Veronika ging hinaus, wanderte ein wenig umher, schaute sich um und suchte heimlich nach einer Fluchtmöglichkeit. Die Mauer war hoch, so wie es früher für die Kasernen vorgeschrieben war, doch die Wachtürme waren leer. Rund um den Garten standen militärisch aussehende Gebäude, die nun die Unterkünfte des Aufsichtspersonals, die Büros und anderen Räume für die Angestellten beherbergten. Veronika sah bald, daß nur am Hauptportal zwei Wachen standen, die bei allen, die herein oder hinaus wollten, die Ausweise kontrollierten.

Langsam gewann sie die Orientierung zurück. Um ihr Gedächtnis zu trainieren, versuchte sie sich an kleine Dinge zu erinnern – wie zum Beispiel den Ort, an dem sie ihren Zimmerschlüssel immer versteckte, wo sie ihre letzte CD gelassen hatte, welches das letzte Buch war, das jemand in der Bibliothek bei ihr ausgeliehen hatte.

»Hallo, ich bin Zedka«, sagte eine Frau, indem sie näher kam.

In der Nacht hatte sie ihr Gesicht nicht sehen können, weil sie während der ganzen Unterhaltung neben dem Bett gekauert war. Sie mochte etwa fünfunddreißig Jahre alt sein und schien vollkommen normal.

»Ich hoffe, die Spritze hat dir nicht allzusehr zu schaffen gemacht. Mit der Zeit gewöhnt sich der Körper daran, und die Beruhigungsmittel wirken nicht mehr so stark.«

»Mir geht es gut.«

»Unsere Unterhaltung gestern nacht... Das, worum du mich gebeten hast, erinnerst du dich?«

»Ja, genau.«

Zedka nahm sie am Arm, und die beiden gingen gemeinsam zwischen den vielen kahlen Bäumen im Hof spazieren. Hinter den Mauern konnte man die Berge sehen, deren Gipfel in den Wolken verschwanden.

»Es ist kalt, doch es ist ein schöner Morgen«, sagte Zedka. »Merkwürdig, aber meine Depression ist nie an Tagen wie diesem gekommen, wenn der Himmel bewölkt und es grau und kalt war. Ich hatte dann immer das Gefühl, mit der Natur im Einklang zu sein, daß sie meine Seele widerspiegelte. Wenn aber die Sonne herauskam, die Kinder wieder auf der Straße spielten und alle sich über den schönen Tag freuten, fühlte ich mich hundeelend und kam mir inmitten dieses Überschwangs fehl am Platz und ungerecht behandelt vor.«

Vorsichtig entzog sich Veronika dem Arm der Frau. Ihr war körperlicher Kontakt zuwider.

»Du hast den Satz nicht beendet. Du hattest etwas über meine Bitte gesagt.«

»Hier drinnen gibt es eine Gruppe. Es sind Männer und Frauen, die eigentlich schon herauskommen, zu Hause leben könnten, aber nicht gehen wollen. Gründe dafür gibt es viele: Villete ist lange nicht so schlecht wie sein Ruf, auch wenn es beileibe kein Fünfsternehotel ist. Hier drinnen können alle sagen, was sie denken, tun, was sie wollen, ohne auf Kritik zu stoßen. Schließlich sind sie in einer psychiatrischen Anstalt. Bei staatlichen Kontrollen benehmen sich diese Männer und Frauen wie gefährliche Irre, denn viele sind auf Staatskosten hier. Die Ärzte wissen Bescheid, doch es scheint eine Weisung seitens der Besitzer zu geben, alles beim alten zu belassen, da die Klinik nicht einmal zur Hälfte belegt ist.«

»Könnten die mir die Tabletten besorgen?«

»Versuch Kontakt mit ihnen aufzunehmen. Sie nennen ihre Gruppe ›Die Bruderschaft‹.«

Zedka zeigte auf eine weißhaarige Frau, die sich angeregt mit einigen jüngeren Frauen unterhielt.

»Sie heißt Mari, sie gehört zur Bruderschaft. Frag sie!«

Veronika wollte schon auf Mari zugehen, doch Zedka hielt sie zurück.

»Jetzt nicht: Sie amüsiert sich doch gerade. Sie läßt sich nicht von ihrem Vergnügen abhalten, nur um nett zu einer Wildfremden zu sein. Wenn sie erst einmal ablehnend reagiert hat, wirst du das nie mehr gutmachen können. Die ›Verrückten‹ glauben immer ihrem ersten Eindruck.«

Veronika lachte über die Betonung, mit der Zedka ›die Verrückten‹ aussprach. Doch es beunruhigte sie, daß alles so normal, viel zu schön wirkte. Nach so vielen Jahren, in denen sie von der Arbeit direkt in die Bar gegangen war, von der Bar in das Bett eines Mannes, vom Bett in ihr Zimmer, von ihrem Zimmer zu ihrer Mutter, erlebte sie jetzt etwas, das sie sich nie hatte träumen lassen: die psychiatrische Anstalt, die Verrücktheit, das Eingeschlossensein. Hier schämten sich die Menschen nicht zu sagen, daß sie verrückt seien. Hier unterbrach niemand, was ihm gerade Spaß machte, nur um nett zu einem anderen zu sein.

Sie begann zu bezweifeln, ob Zedka es ernst gemeint oder ob sie nur nach Art der Geisteskranken vorgegeben hatte, in einer besseren Welt zu leben als die anderen. Doch was spielte das schon für eine Rolle? Sie erlebte etwas Interessantes, Neues, Unerwartetes. Man stelle sich das vor, ein Ort, an dem die Leute so tun, als seien sie verrückt, nur um genau das zu tun, wozu sie Lust haben.

Plötzlich spürte sie ein Herzstechen. Ihr fiel sofort die Unterhaltung mit dem Arzt wieder ein.

»Ich möchte gern allein weitergehen«, sagte sie zu Zedka. Letztlich war sie auch eine Verrückte, sie mußte zu niemandem nett sein.

Die Frau entfernte sich. Veronika blieb zurück und betrachtete die Berge jenseits der Mauern von Villete. Eine leise Sehnsucht weiterzuleben glomm in ihr auf, doch sie verscheuchte sie entschieden.

›Ich muß mir schnell die Tabletten beschaffen.‹

Sie dachte über ihre Situation nach. Sie war keinesfalls ideal. Selbst wenn man ihr Gelegenheit gab, alle Verrücktheiten auszuleben, zu denen sie Lust hatte, wußte sie nicht einmal, womit sie beginnen sollte.

Sie war noch nie nach etwas verrückt gewesen.

Nach dem Spaziergang im Garten kehrten alle in den Speisesaal zurück und aßen zu Mittag. Anschließend führten die Krankenpfleger Männer und Frauen in einen riesigen Aufenthaltsraum, in dem es viele verschiedene Bereiche gab: mehrere Sitzgruppen mit Stühlen, Tischen und Sofas, ein Klavier, einen Fernseher und große Fenster, durch die man den grauen Himmel und die niedrigen Wolken sehen konnte. Keines der Fenster war vergittert, denn der Saal ging zum Garten hinaus. Wegen der Kälte waren die Türen geschlossen, doch man brauchte nur den Türknauf zu drehen, um wieder hinauszutreten und zwischen den Bäumen spazierenzugehen.

Die meisten setzten sich vor den Fernseher. Einige starrten ins Leere, andere führten leise Selbstgespräche. Doch wer hatte das in seinem Leben nicht schon mal getan? Veronika sah, daß die ältere Frau, Mari, jetzt mit einer größeren

Gruppe in einer der Ecken des riesigen Saals zusammenstand. Einige der Insassen gingen in der Nähe auf und ab, und Veronika pirschte sich unauffällig an sie heran, weil sie mitbekommen wollte, was gesprochen wurde.

Doch als sie näher kam, verfielen alle in Schweigen und sahen sie an.

»Was willst du?« fragte ein alter Mann, der der Leiter der Bruderschaft zu sein schien.

»Nichts, ich kam nur gerade vorbei.«

Sie blickten sich alle gegenseitig an und machten wilde Kopfbewegungen. »Sie ist nur vorbeigekommen!« sagte der Leiter lauter, und kurz darauf schrien alle den Satz.

Veronika wußte nicht, was sie machen sollte, war wie gelähmt vor Angst. Ein grimmiger starker Krankenpfleger kam und wollte wissen, was los sei.

»Nichts«, antwortete einer aus der Gruppe. »Sie kam nur gerade vorbei. Sie steht da, aber sie geht immer noch gerade vorbei.«

Die ganze Gruppe fing lauthals an zu lachen. Veronika setzte ein ironisches Gesicht auf, machte lächelnd kehrt und entfernte sich, damit niemand sah, daß sich ihre Augen mit Tränen füllten. Sie ging, ohne etwas überzuziehen, geradewegs in den Garten. Ein Krankenpfleger wollte sie überreden, wieder hereinzukommen, dann kam ein anderer hinzu, der ihm etwas ins Ohr flüsterte, und die beiden ließen sie draußen in der Kälte in Ruhe. Es lohnte sich nicht, sich Sorgen um die Gesundheit einer zum Tode Verdammten zu machen.

Sie war verwirrt, angespannt und ärgerte sich über sich selber. Früher hatte sie sich nie provozieren lassen. Hatte von früh auf gelernt, daß man in jeder neuen Situation immer kühl und unbeteiligt bleiben mußte. Diese Verrückten hatten es jedoch geschafft, daß sie sich schämte, Angst hatte, wütend war, sie am liebsten umgebracht, mit Worten verletzt hätte, die sie früher niemals zu sagen wagte.

Vielleicht hatten sie ja die Tabletten oder die Behandlung, um sie aus dem Koma zu holen, in eine zerbrechliche Frau verwandelt, die unfähig war, aus sich heraus zu reagieren. Als Teenager hatte sie viel schlimmere Situationen durchgemacht, und jetzt konnte sie zum ersten Mal ihre Tränen nicht zurückhalten. Sie mußte wieder die alte werden, wieder mit Ironie reagieren, so tun, als könnten ihr solche Beleidigungen nichts anhaben, denn schließlich war sie doch allen überlegen. Wer aus dieser Gruppe hatte den Mut gehabt, sich den eigenen Tod zu wünschen? Wer von ihnen wollte ihr etwas über das Leben beibringen, wo sie sich doch alle hinter den Mauern von Villete verkrochen? Sie würde niemals von deren Hilfe abhängig sein, auch wenn sie fünf oder sechs Tage warten müßte, bis sie starb.

›Ein Tag ist schon um. Es bleiben nur noch vier oder fünf.‹

Sie spazierte etwas umher und ließ die Eiseskälte in ihren Körper dringen, damit ihr beschleunigter Puls und ihr pochendes Herz sich beruhigten.

›Also gut, hier bin ich nun, meine Stunden sind im wahrsten Sinne des Wortes gezählt, und kümmere mich um Kommentare von Leuten, die ich nie zuvor gesehen habe und in Kürze auch nie wieder sehen werde. Ich leide, werde ärgerlich, will angreifen und verteidigen. Wozu für so etwas Zeit verschwenden?‹

Tatsache war jedoch, daß sie die wenige Zeit, die ihr noch blieb, damit verbrachte, in einer fremden Umgebung ihren Platz zu erobern, weil sonst die anderen ihr ihre Regeln aufzwangen.

›Das darf doch nicht wahr sein. Ich war noch nie so. Ich habe nie um Kinderkram gekämpft.‹

Sie blieb mitten im eisigen Garten stehen. Gerade weil sie fand, daß das Kinderkram war, hatte sie am Ende akzeptiert, was ihr das Leben ganz selbstverständlich aufgezwungen hatte. Als Teenager fand sie es zu früh, eine Wahl zu treffen. Jetzt, als junge Frau, war sie davon überzeugt, fand sie es zu spät, sich zu ändern.

Und womit hatte sie ihre ganze Energie bis heute verbraucht? Damit, daß sie versuchte, in ihrem Leben keine Änderungen zuzulassen. Sie hatte viele ihrer Wünsche geopfert, damit ihre Eltern sie weiterhin so liebten, wie sie sie als Kind geliebt hatten, obwohl sie wußte, daß wahre Liebe sich mit der Zeit verändert und wächst und neue Möglichkeiten findet, sich auszudrücken. Eines Tages, als ihr ihre Mutter weinend sagte, daß die Ehe zu Ende sei, war Veronika zum Vater gegangen, hatte geweint, gedroht und ihm schließlich das Versprechen abgetrotzt, daß er nicht weggehen würde, ohne zu bedenken, was sie ihren Eltern damit abforderte.

Als sie beschloß, eine Arbeit zu finden, hatte sie ein vielversprechendes Angebot einer frisch in dem neuen Staat Slowenien niedergelassenen Gesellschaft ausgeschlagen, um einen schlecht bezahlten, aber sicheren Arbeitsplatz in der öffentlichen Bibliothek anzunehmen. Sie ging jeden Tag zur Arbeit, immer zur gleichen Zeit, ließ ihre Vorgesetzten immer spüren, daß sie keine Bedrohung, daß sie zufrieden war und nicht vorhatte zu kämpfen, um zu wachsen. Alles, was sie wollte, war ihr Gehalt am Monatsende.

Sie hatte ein Zimmer im Kloster gemietet, weil die Nonnen von ihren Mieterinnen verlangten, daß sie alle zu einer bestimmten Zeit nach Hause kamen, und dann die Tür zuschlossen. Wer nicht rechtzeitig kam, mußte draußen bleiben und auf der Straße übernachten – ein willkommener Vorwand, wenn sie die Nacht nicht im Bett ihres Liebhabers oder im Hotel verbringen wollte.

In ihren Tagträumen vom Heiraten kam immer eine kleine Villa am Stadtrand von Ljubljana vor. Ein Mann, der anders war als ihr Vater und der gerade so viel verdiente, wie notwendig war, um die Familie zu ernähren, der nichts anderes wollte als neben ihr vorm Kamin in dem Häuschen zu sitzen und auf die schneebedeckten Berge zu blicken.

Sie hatte sich selbst dazu erzogen, den Männern nur gerade ein Minimum an Lust zu verschaffen – kein bißchen mehr und kein bißchen weniger. Sie war auf niemanden wütend, denn dazu hätte sie reagieren, Feind oder Feindin bekämpfen und anschließend die unvorhersehbaren Konsequenzen wie etwa die Rache ertragen müssen.

Als sie fast alles erreicht hatte, was sie vom Leben wollte, war sie zum Schluß gekommen, daß ihr Leben keinen Sinn hatte, weil alle Tage gleich waren. Und hatte beschlossen zu sterben.

Veronika ging wieder ins Haus und auf die in einer Ecke des Saals versammelte Gruppe zu. Die Leute unterhielten sich angeregt, schwiegen jedoch, sobald sie bei ihnen angekommen war.

Sie ging geradewegs auf den ältesten Mann zu, der der Chef zu sein schien. Bevor jemand sie zurückhalten konnte, hatte sie ihm eine schallende Ohrfeige verpaßt.

»Wirst du wohl reagieren?« fragte sie laut, damit alle im Saal es hörten. »Wirst du was tun?«

»Nein.« Der Mann fuhr sich mit der Hand übers Gesicht. Ein feines Rinnsal Blut lief ihm aus der Nase. »Du wirst uns nicht mehr lange stören.«

Triumphierend verließ sie den Aufenthaltsraum und ging auf ihre Station. Sie hatte etwas getan, was sie in ihrem Leben noch nie gemacht hatte.

Drei Tage waren seit dem Zwischenfall mit der Gruppe vergangen, die Zedka ›Die Bruderschaft‹ nannte. Ihr tat die Ohrfeige leid, nicht aus Angst vor der Reaktion des Mannes, sondern, weil sie etwas Neues getan hatte. Kurz, am Ende könnte sie womöglich noch dazu kommen, das Leben lebenswert zu finden. Und das wäre ein überflüssiges Leid, wo sie doch so oder so bald diese Welt verlassen mußte.

Die einzige Lösung war, sich wieder von allem und allen zu entfernen, alles daran zu setzen, wieder so zu sein wie vorher, die Weisungen und Regelungen von Villete zu befolgen. Sie gewöhnte sich an die Anstaltsordnung: früh aufstehen, Frühstück, Spaziergang im Garten, Mittagessen, Aufenthaltsraum, zweiter Spaziergang im Garten, Abendessen, Fernsehen, Bett.

Vor dem Schlafen kam immer eine Krankenschwester mit den Medikamenten. Alle anderen Frauen nahmen Tabletten.

Sie war die einzige, die eine Spritze bekam. Veronika beschwerte sich nie: Sie wollte nur wissen, warum man ihr so viel Beruhigungsmittel gab, denn mit dem Einschlafen hatte sie nie Schwierigkeiten gehabt. Sie erklärten ihr, daß in der Spritze kein Schlafmittel war, sondern ein Herzmittel.

Und so verliefen die Tage in der Anstalt gleichförmig. Wenn sie alle gleich sind, vergehen sie schneller. Noch zwei oder drei Tage, und sie könnte sich das Zähneputzen und Haarekämmen sparen. Veronika merkte, daß ihr Herz schnell schwächer wurde: Sie war schnell kurzatmig, fühlte Schmerzen in der Brust, hatte keinen Appetit, und bei der kleinsten Anstrengung wurde ihr schwindlig.

Nach dem Zwischenfall mit der Bruderschaft dachte sie manchmal schon: ›Hätte ich die Wahl, hätte ich vorher begriffen, daß meine Tage alle gleich waren, weil ich es so wollte, vielleicht...‹

Aber die Antwort lautete immer gleich: ›Es gibt kein Vielleicht, denn ich habe keine Wahl.‹ Und ihre innere Ruhe kehrte zurück, denn es war ja alles schon festgelegt.

In dieser Zeit entwickelte sie eine Beziehung zu Zedka (keine Freundschaft, denn Freundschaft verlangte Zeit mit- und füreinander, und das ging nicht). Sie spielten Karten. Das ließ die Zeit schneller vergehen. Und manchmal gingen sie schweigend zusammen durch den Garten.

An jenem Morgen gingen alle vorschriftsgemäß an die Sonne. Ein Krankenpfleger bat Zedka, zurück auf die Station zu gehen, denn heute sei ihr »Behandlungstag«.

Veronika, die gerade mit ihr frühstückte, fragte:

»Was ist das für eine Behandlung?«

»Das ist ein altes Verfahren aus den sechziger Jahren, doch die Ärzte meinen, es könnte die Genesung beschleunigen. Willst du zuschauen?«

»Du hast gesagt, du leidest unter Depressionen. Reicht es da nicht, ein Mittel zu nehmen, das dem Körper die Substanz zuführt, die ihm fehlt?«

»Willst du zuschauen?« beharrte Zedka.

Das würde heißen, aus der Routine auszubrechen. Sie würde etwas Neues erfahren, wo sie doch nichts weiter zu lernen brauchte – nur Geduld haben. Doch ihre Neugier war stärker, und sie nickte.

»Das ist keine Show«, schimpfte der Krankenpfleger.

»Sie wird sterben. Und hat nichts erlebt. Laß sie mit uns kommen.«

Veronika sah, wie die Frau ans Bett gefesselt wurde und dennoch weiterlächelte.

»Erzähl ihr, was passiert«, sagte Zedka zum Krankenpfleger. »Sonst bekommt sie noch einen Schreck.«

Er wandte sich um und zeigte ihr eine Spritze. Er schien glücklich darüber zu sein, wie ein Arzt behandelt zu werden, der einem jüngeren Kollegen die genauen Behandlungsmethoden erklärt.

»In der Spritze ist Insulin«, sagte er ernst und bedeutungsvoll. »Diese Behandlung wird bei Diabetikern angewandt, um einen zu hohen Zuckerspiegel zu senken. Wenn die Dosis zu hoch ist, sinkt der Blutzuckerspiegel zu stark, und es kommt zu einem Koma.« Er schnippte leicht an die Nadel, drückte die Luft aus der Spritze und injizierte sie in die Ader von Zedkas großem linkem Zeh.

»Jetzt wird folgendes passieren. Sie wird in ein künstlich hervorgerufenes Koma versetzt. Erschrick nicht, wenn ihre Augen glasig werden, und erwarte nicht, daß sie dich erkennt, solange das Medikament wirkt.«

»Das ist grauenhaft, unmenschlich. Die Menschen kämpfen darum, aus dem Koma herauszukommen, nicht darum, ins Koma zu fallen.«

»Die Menschen kämpfen darum zu leben, und nicht darum, Selbstmord zu begehen«, entgegnete der Krankenpfleger, doch Veronika überhörte die Spitze. »Im Koma befindet sich der Organismus in Ruhe. Seine Funktionen werden drastisch herabgesetzt, mögliche Anspannung verschwindet.«

Während er sprach, spritzte er die Flüssigkeit, und Zedkas Augen verloren ihren Glanz.

»Mach dir keine Sorgen«, sagte Veronika zu ihr, »du bist vollkommen normal, die Geschichte, die du mir vom König erzählt hast –«

»Spar dir die Mühe. Sie kann dich schon nicht mehr hören.«

Die Frau auf dem Bett, die Minuten zuvor noch geistig klar und voller Leben schien, hatte jetzt den Blick starr auf irgendeinen Punkt gerichtet, und Schaum trat aus ihrem Mundwinkel.

»Was haben Sie getan?« schrie Veronika den Krankenpfleger an.

»Meine Pflicht.«

Veronika begann »Zedka« zu rufen, zu schreien, mit der Polizei, der Presse, den Menschenrechtsorganisationen zu drohen.

»Beruhige dich. Auch wenn du in einer Anstalt lebst, mußt du ein paar Regeln einhalten.«

Sie sah, daß der Mann es ernst meinte, und bekam Angst. Da sie aber nichts zu verlieren hatte, schrie sie immer weiter.

Von dort, wo Zedka jetzt war, konnte sie die Krankenstation mit den leeren Betten sehen. Nur eines war belegt. Neben ihrem festgebundenen Körper stand ein Mädchen, das ihn erstaunt anblickte. Das Mädchen wußte nicht, daß die Körperfunktionen dieses Menschen dort auf dem Bett normal weiterarbeiteten, die Seele jedoch in der Luft schwebte, beinahe die Decke berührte und einen tiefen Frieden empfand.

Zedka machte eine ›Astralreise‹, etwas, was beim ersten Insulinschock eine Überraschung gewesen war. Sie hatte niemandem etwas davon gesagt. Sie war nur hier, um von ihrer Depression geheilt zu werden und anschließend, sobald ihr Zustand es ihr erlaubte, diesen Ort für immer zu verlassen. Wenn sie erzählen würde, daß sie aus ihrem Körper getreten sei, würde man glauben, sie sei verrückter als bei ihrer Einlieferung. Sobald sie in ihren Körper zurückgekehrt war, begann sie jedoch über beides nachzulesen: über den Insulinschock und über das seltsame Im-Raum-Schweben.

Über die Behandlung gab es nicht viel: Sie war das erste Mal um 1930 angewandt worden, doch dann wegen der möglichen bleibenden Schäden bei den Patienten vollkommen aus der Psychiatrie verbannt worden. Einmal hatte sie in einer Schock-Behandlung als Astralleib Dr. Igors Büro besucht, und zwar just in dem Augenblick, als er mit einem der Besitzer des Krankenhauses redete. »Es ist ein Verbrechen«, sagte er. »Es ist billiger und schneller«, entgegnete ihm der Besitzer. »Außerdem, wer interessiert sich schon für die Rechte eines Verrückten? Niemand wird Klage einreichen.«

Dennoch hielten es auch einige Ärzte immer noch für eine schnelle Art, Depressionen zu behandeln. Zedka hatte sich alles verschafft oder ausgeliehen, was es über den Insulinschock gab. Vor allem die Berichte von Insulinschockpatienten. Es war immer die gleiche Geschichte: Grauen und abermals Grauen, niemand aber hatte etwas Ähnliches erlebt wie sie.

Sie schloß – zu Recht – daraus, daß es keinerlei Zusammenhang zwischen dem Insulin und dem Frei-im-Raum-Schweben gab. Ganz im Gegenteil, diese Art Behandlung minderte eher die geistige Fähigkeit des Patienten.

Sie begann, der Existenz der Seele auf den Grund zu gehen, las mehrere Bücher über Okkultismus, bis sie eines Tages auf eine ganze Reihe von Publikationen stieß, die genau das beschrieben, was sie erlebte: die ›Astralreise‹. Viele Menschen hatten diese Erfahrung gemacht. Einige hatten über ihre Erfahrungen geschrieben, und wieder andere hatten sogar Techniken entwickelt, um diesen Zustand herbeizuführen. Zedka hatte sich diese Techniken beigebracht und wandte sie jede Nacht an, um hinzugehen, wohin sie wollte.

Die Berichte über die Erfahrungen und Visionen waren unterschiedlich, doch hatten sie alle eins gemeinsam: das seltsame und irritierende Geräusch, das der Trennung von Körper und Geist vorausgeht, dem der Schock folgt, eine schnelle Bewußtlosigkeit und dann der Frieden und die Freude darüber, in der Luft zu schweben, mit einem silbrigen Faden an den Körper gebunden, der sich unendlich dehnen ließ, obwohl Legenden (in Büchern natürlich) behaupteten, daß der Mensch sterben würde, wenn er den Silberfaden zerreißen ließ.

Sie hatte indes die Erfahrung gemacht, daß sie so weit weg gehen konnte, wie sie wollte, und der Faden niemals riß. Insgesamt aber waren die Bücher nützlich gewesen, hatten sie ihr doch beigebracht, ihre Astralreisen immer besser zu nutzen. Durch sie hatte sie beispielsweise gelernt, daß man, um zum nächsten Ort zu gelangen, sich dies wünschen, den Ort, an den man gelangen wollte, mental festlegen mußte. Anders als bei einer Reise mit einem Flugzeug, das von einem bestimmten Ort startet, eine bestimmte Entfernung zurücklegt und an einem bestimmten Ort landet, verläuft die Astralreise durch geheimnisvolle Tunnel. Man stellte sich einen Ort vor, trat mit unglaublicher Geschwindigkeit in den entsprechenden Tunnel ein, und der gewünschte Ort tauchte auf.

Die Bücher hatten Zedka auch ihre Angst vor den Wesen im Weltraum verlieren lassen. Denn sie hatte mit Hilfe der Bücher und aufgrund eigener Erfahrung bemerkt, daß dort neben einigen körperlosen Geistern auch viele Menschen herumirrten, die genauso lebendig waren wie sie und entweder die Technik beherrschten, aus dem Körper herauszutreten, oder das alles völlig unbewußt erlebten, weil sie an einem anderen Ort der Welt tief schliefen, während ihr Geist frei durch die Welt wanderte.

Zedka wußte, daß dies ihre letzte insulininduzierte

Astralreise sein sollte, denn sie hatte soeben Dr. Igor in seinem Büro besucht und gehört, daß er sie schon bald entlassen würde. Darum wollte sie heute dieses eine Mal ausschließlich in Villete umherstreifen. Von dem Augenblick an, in dem sie das Anstaltstor durchschritt, würde sie nie wieder hierher zurückkehren, auch nicht im Geist, und sie wollte sich jetzt verabschieden.

Sich verabschieden. Das war der schwierigste Teil: In einer psychiatrischen Anstalt gewöhnte man sich an die Freiheit, die es in einer Welt der Verrückten gab, und wurde süchtig danach. Man war für nichts verantwortlich, mußte nicht ums tägliche Brot kämpfen, sich mit öden Routineangelegenheiten herumplagen, konnte stundenlang ein Bild anschauen oder sich in absurden Kritzeleien verlieren. Alles war erlaubt, denn schließlich war man geisteskrank. Sie hatte selbst gesehen, daß die meisten Insassen sich besser fühlten, sobald sie die Anstalt betraten: Man mußte seine Symptome nicht mehr verbergen, und die ›familiäre‹ Umgebung half einem, die eigenen Neurosen und Psychosen zu akzeptieren.

Anfangs war Zedka von Villete fasziniert gewesen und hatte schon erwogen, nach ihrer Genesung der ›Bruderschaft‹ beizutreten. Doch dann begriff sie, daß sie, wenn sie es klug anstellte, auch draußen alles tun konnte, was sie wollte, während sie sich den Herausforderungen des Alltags stellte. Man brauchte nur, wie es jemand einmal gesagt hatte, eine ›kontrollierte Verrücktheit‹ beizubehalten. Weinen, sich sorgen, sich ärgern wie jeder andere Mensch auch, dabei aber nie vergessen, daß dort oben unser Geist über alle schwierigen Situationen lacht.

Bald schon würde sie wieder nach Hause zurückkehren, zu ihren Kindern, ihrem Mann. Dieser Teil des Lebens hatte auch seinen Reiz. Natürlich würde sie Schwierigkeiten haben, eine Arbeit zu finden, denn in einer kleinen Stadt wie Ljubljana sprach sich alles schnell herum, und viele wußten schon, daß sie in Villete eingeliefert worden war. Doch ihr Mann verdiente genug, um die Familie zu ernähren, und sie konnte in ihrer freien Zeit weiterhin ihre Astralreisen machen – ohne den gefährlichen Einfluß des Insulins.

Nur eines wollte sie nicht noch einmal erleben: das, was sie nach Villete gebracht hatte.

Die Depressionen.

Die Ärzte sagten immer, daß eine erst kürzlich isolierte Substanz, das Serotonin, die Stimmungen regulierte. Ein Mangel an Serotonin beeinflusse die Konzentrationsfähigkeit bei der Arbeit, habe Auswirkungen auf den Schlaf, den Appetit, die Fähigkeit, sich am Leben zu freuen. Fehlte es vollkommen, sei der Mensch von Verzweiflung, Pessimismus, vom Gefühl, zu nichts nütze zu sein, von übermäßiger Müdigkeit, Beklemmungen, Entscheidungsschwierigkeiten erfüllt und am Ende in eine ständige Traurigkeit getaucht, die zu vollkommener Apathie oder zum Selbstmord führe.

Andere, konservativere Ärzte behaupteten, daß drastische Veränderungen im Leben eines Menschen wie der Tod der Eltern oder eines anderen geliebten Wesens, Scheidung und eine Steigerung der Anforderungen bei der Arbeit oder innerhalb der Familie für die Depression verantwortlich seien. Einige moderne Untersuchungen, die auf der Anzahl der Einweisungen im Winter und im Sommer basierten, wiesen auf den Mangel an Sonnenlicht als einen Verursacher von Depression hin.

In Zedkas Fall war der Grund viel einfacher, als alle dachten: ein Mann aus ihrer Vergangenheit. Oder besser gesagt: Illusionen, die sie um einen Mann herum rankte, den sie vor langer Zeit kennengelernt hatte.

So etwas Dummes. Depression, Verrücktheit, alles wegen eines Mannes, von dem sie nicht einmal wußte, wo er wohnte und in den sie sich in ihrer Jugend hoffnungslos verliebt hatte. Denn Zedka hatte wie viele andere Mädchen ihres Alters die Erfahrung der unerfüllten Liebe machen müssen.

Nur anders als ihre Freundinnen, die von ihrem unerreichbaren Liebsten nur träumten, hatte Zedka beschlossen, weiterzugehen: Sie würde versuchen, ihn zu erobern. Er wohnte auf der anderen Seite des Ozeans, sie hatte alles verkauft, um zu ihm zu fahren. Er war verheiratet, sie akzeptierte die Rolle der Geliebten, schmiedete heimlich Pläne, wie sie ihn eines Tages zu ihrem Ehemann machen würde. Er hatte nie Zeit für sie, doch sie schickte sich darein, Tag und Nacht im Zimmer eines billigen Hotels auf seine seltenen Anrufe zu warten.

Obwohl sie bereit war, im Namen der Liebe alles zu ertragen, scheiterte die Beziehung. Er hatte es ihr nie direkt gesagt, aber Zedka begriff eines Tages, daß sie nicht mehr gern gesehen war, und kehrte nach Slowenien zurück.

Einige Monate lang, in denen sie kaum aß, rief sie sich jeden Augenblick ins Gedächtnis zurück, den sie zusammen verbracht hatten, sah Tausende von Malen die Augenblicke der Freude und Lust im Bett wieder vor sich, suchte nach einem Weg, der ihr erlauben würde, an die Zukunft dieser Beziehung glauben zu können. Ihre Freunde machten sich Sorgen um sie, doch etwas in ihrem Herzen sagte Zedka, daß dies nur eine Phase war, die wieder vorübergehen würde: Das Wachsen eines Menschen verlangt seinen Preis, sie zahlte ihn klaglos. Und eines Morgens wachte sie auf und fühlte einen ungeheuren Lebenswillen, sie aß so viel wie schon lange nicht mehr und zog los, um sich eine Arbeit zu suchen.

Sie fand nicht nur eine Arbeit, sondern zog auch die Aufmerksamkeit eines gutaussehenden, intelligenten jungen Mannes auf sich, für den viele Frauen schwärmten. Ein Jahr später war sie mit ihm verheiratet.

Ihre Freundinnen waren zwar etwas neidisch, aber durchaus angetan. Zedka und ihr Mann zogen in ein hübsches Haus mit Garten am Fluß, der durch Ljubljana fließt. Sie bekamen Kinder und verreisten im Sommer nach Österreich oder nach Italien.

Als Slowenien beschloß, sich von Jugoslawien zu trennen, wurde Zedkas Mann zum Militär einberufen. Zedka war Serbin und dadurch automatisch ein ›Feind‹, und ihr Leben stand vor dem Zusammenbruch. In den folgenden Wochen, als die Truppen einander gegenüberstanden und niemand absehen konnte, welche Folgen die Unabhängigkeitserklärung haben und ob ihretwegen Blut vergossen werden würde, wurde sich Zedka ihrer Liebe bewußt. Sie betete die ganze Zeit zu einem Gott, der ihr bislang immer fern gewesen war und ihr dennoch jetzt als einziger Ausweg erschien: Sie gelobte den Heiligen und den Engeln alles, wenn sie ihr nur ihren Mann zurückgaben.

Und das geschah dann auch. Er kam zurück, die Kinder konnten in Schulen gehen, in denen die slowenische Sprache gelehrt wurde, und der drohende Krieg zog in die Nachbarrepublik Kroatien.

Einige Jahre gingen ins Land. Der Krieg zwischen Jugoslawien und Kroatien verlagerte sich nach Bosnien, und es kursierten Meldungen über serbische Massaker. Zedka fand es ungerecht, daß ein ganzes Volk an den Pranger gestellt wurde, nur weil einige den Verstand verloren hatten. Ihr Leben fand nun einen Sinn, den sie nie erwartet hatte: Sie verteidigte stolz und mit Bravour ihr Volk, indem sie in Zeitungen schrieb, im Fernsehen auftrat, Vorträge hielt. Doch das alles brachte nichts. Immer noch glaubten die Ausländer, daß ausschließlich die Serben für die Grausamkeiten verantwortlich waren. Zedka erfüllte weiterhin ihre Pflicht und stand auch in dieser schweren Zeit zu ihren Brüdern. Dabei fand sie Unterstützung von ihrem slowenischen Mann, ihren Kindern und all denen, die nicht von den Propagandamaschinen beider Seiten beeinflußt waren.

Eines Nachmittags kam sie vor der Statue von Prešeren, des großen slowenischen Dichters, vorbei und begann über dessen Leben nachzudenken. Als Vierunddreißigjähriger war er eines Tages in eine Kirche getreten und hatte dort ein junges Mädchen gesehen, Julia Primic, in die er sich unsterblich verliebte. Wie einst die Minnesänger schrieb er ihr Gedichte und hoffte, sie zu heiraten.

Doch Julia stammte aus einer angesehenen Familie, und Prešeren konnte sich ihr nach dieser kurzen Begegnung in der Kirche nie wieder nähern. Doch diese Begegnung gab ihm seine schönsten Gedichte ein, und um seinen Namen rankten sich Legenden. Die Statue des Dichters auf dem kleinen Hauptplatz von Ljubljana hat den Blick in eine bestimmte Richtung gewandt. Wer ihm folgt, entdeckt auf der anderen Seite des Platzes an der Wand eines Hauses die Büste einer Frau. Dort hatte Julia gewohnt. Prešeren schaute selbst nach seinem Tod bis in die Ewigkeit auf seine unerfüllte Liebe.

Und wenn er nun mehr um sie gekämpft hätte?

Zedkas Herz tat einen Satz. Vielleicht war es die Vorahnung von etwas Bösem, des Unfalls eines ihrer Kinder. Sie raste nach Hause. Beide saßen vor dem Fernseher und aßen Popcorn.

Die Traurigkeit aber ging nicht vorüber. Zedka legte sich ins Bett, schlief beinahe zwölf Stunden, und als sie aufwachte, hatte sie keine Lust aufzustehen. Die Geschichte von Prešeren hatte das Bild ihres ersten Geliebten, von dem sie nie wieder etwas gehört hatte, auferstehen lassen.

Und Zedka fragte sich: War ich beharrlich genug? Hätte ich die Rolle als Geliebte akzeptieren sollen, anstatt zu wollen, daß die Dinge sich so entwickelten, wie ich es erwartete? Habe ich um meine erste Liebe genauso gekämpft wie für mein Volk?

Zedka redete sich zwar ein, daß sie genug gekämpft hatte, doch die Traurigkeit verging nicht. Was ihr früher wie das Paradies vorgekommen war, das Haus am Fluß, der Mann, den sie liebte, die Kinder, die vor dem Fernseher Popcorn aßen, wurde ihr nun zur Hölle.

Inzwischen, nach vielen Astralreisen und vielen Begegnungen mit entwickelten Geistern, wußte Zedka, daß dies Unsinn war. Sie hatte ihre unerfüllte Liebe als Entschuldigung, als Vorwand genommen, um das Band zu dem Leben zu zertrennen, das sie führte und das weit davon entfernt war, das zu sein, was sie in Wahrheit für sich erwartete.

Doch vor zwölf Monaten war die Situation anders gewesen: Sie hatte wie wild versucht, den fernen Mann zu finden, hatte ein Vermögen für Ferngespräche ausgegeben, doch er wohnte nicht mehr in der Stadt von damals, und es war unmöglich gewesen, ihn zu lokalisieren. Sie verschickte Eilbriefe, die alle ungeöffnet wieder zurückkamen. Rief sämtliche Freundinnen und Freunde an, die ihn gekannt hatten, doch niemand hatte die leiseste Ahnung, was aus ihm geworden war.

Ihr Mann merkte nichts, und das machte sie rasend. Denn er mußte doch wenigstens etwas ahnen, eine Szene machen, sich beklagen, ihr drohen, daß er sie auf die Straße setzen würde. Sie redete sich ein, sämtliche Telefonistinnen beim Fernamt, ihre Freundinnen, selbst der Postbote seien von ihm bestochen worden, damit sie so taten, als wäre alles ganz normal. Sie verkaufte den Schmuck, den er ihr zur Hochzeit geschenkt hatte, und kaufte ein Flugticket, bis jemand sie davon überzeugte, daß Amerika riesengroß sei und es nicht lohne, dorthin zu fahren, wenn man nicht genau wußte, wo man mit Suchen anfangen wollte.

Eines Nachmittags legte sie sich ins Bett und litt so große Liebesqualen wie nie zuvor, selbst damals nicht, als sie in den langweiligen Alltag von Ljubljana zurückgekehrt war. Sie verbrachte die ganze Nacht und die beiden folgenden

Tage im Schlafzimmer. Am dritten Tag rief ihr Mann den Arzt. Wie rührend er war. Wie besorgt um sie! Begriff dieser Mann denn nicht, daß Zedka dabei war, sich mit jemand anderem zu treffen, Ehebruch zu begehen, ihr Leben einer geachteten Frau gegen das einer heimlichen Geliebten einzutauschen und Ljubljana, ihr Haus, ihre Kinder für immer zu verlassen?

Der Arzt kam, sie hatte einen Nervenzusammenbruch, schloß sich im Zimmer ein und machte erst wieder auf, nachdem er gegangen war. Eine Woche später hatte sie nicht einmal mehr Lust, ins Bad zu gehen, und verrichtete ihre Notdurft im Bett. Sie vermochte schon nicht mehr zu denken, ihr Kopf war voll von Erinnerungsfetzen an den Mann, der – und davon war sie überzeugt – seinerseits auch erfolglos nach ihr suchte.

Ihr Mann wechselte – nervtötend großzügig – die Bettwäsche, strich ihr über den Kopf, sagte, es würde schon alles wieder werden. Die Kinder kamen nicht mehr ins Zimmer, seit sie einem grundlos eine Ohrfeige verpaßt und es dann geküßt und auf Knien angefleht hatte, ihr zu vergeben, und sie ihr Nachthemd in Fetzen gerissen hatte.

In der Woche darauf, in der sie jegliche Nahrung verweigerte, die man ihr einflößte, zwischen Traum und Wirklichkeit hin und her pendelte, nächtelang wach lag und tagelang schlief, waren zwei Männer ohne anzuklopfen in ihr Zimmer gekommen. Einer hielt sie fest, der andere gab ihr eine Spritze, und als sie wieder zu sich kam, war sie in Villete.

»Depression«, hatte sie den Arzt zu ihrem Mann sagen hören. »Manchmal wird sie durch ganz banale Dinge ausgelöst, zum Beispiel durch einen Mangel an Serotonin.«

Von der Decke des Krankensaals aus sah Zedka den Krankenpfleger mit einer Spritze in der Hand kommen. Das Mädchen war noch immer da, stand vor dem Körper, entsetzt über den leeren Blick. Einige Augenblicke lang war Zedka versucht, ihr alles zu erzählen, doch dann überlegte sie es sich anders. Die Menschen lernen nie aus dem, was man ihnen erzählt, sie müssen es selber herausfinden.

Der Krankenpfleger stach die Nadel in ihre Vene und injizierte Glukose. Wie von einem riesigen Arm gezogen löste sich ihr Geist von der Decke des Krankensaals, sauste in Höchstgeschwindigkeit durch einen schwarzen Tunnel und kehrte in den Körper zurück.

»Hallo Veronika!«

Das Mädchen fuhr zusammen.

»Geht es dir gut?«

»Ja. Diese gefährliche Behandlung habe ich zum Glück überlebt, eine weitere wird es nicht geben.«

»Woher weißt du das? Hier gelten die Wünsche des Patienten nichts.«

Zedka wußte es, weil sie auf ihrer Astralreise im Büro von Dr. Igor gewesen war.

»Ich weiß es nun mal, erklären kann ich es nicht. Erinnerst du dich an meine erste Frage?«

»Könnten Sie mir sagen, was es heißt, verrückt zu sein?«

»Genau. Diesmal antworte ich dir nicht mit einem Gleichnis: Die Verrücktheit ist die Unfähigkeit, seine Ideen zu vermitteln. Als wärest du in einem fremden Land. Du siehst alles, verstehst, was um dich herum geschieht, kannst aber nichts erklären und keine Hilfe bekommen, weil du die Landessprache nicht verstehst.«

»So ist es uns allen schon einmal ergangen.«

»Auf die eine oder andere Art sind wir alle verrückt.«

Jenseits des vergitterten Fensters war der Himmel von Sternen übersät, hinter den Bergen ging ein im zunehmenden Viertel stehender Mond auf. Die Dichter liebten den Vollmond, schrieben Tausende von Versen über ihn, doch Veronika liebte den zunehmenden Mond, weil er größer werden, seine ganze Oberfläche mit Helligkeit füllen würde, bevor er unausweichlich wieder abnahm.

Sie wäre gern zum Klavier im Aufenthaltsraum gegangen und hätte diese Nacht mit einer der schönen Sonaten gefeiert, die sie am Konservatorium gelernt hatte. Während sie in den Himmel blickte, durchströmte sie ein unbeschreibliches Wohlgefühl, als hätte die Unendlichkeit des Universums auch ihre eigene Unendlichkeit offenbart. Doch eine Stahltür und eine lesende Frau standen zwischen ihr und der Erfüllung ihres Wunsches. Zudem spielte niemand zu dieser Nachtzeit Klavier. Sie würde die ganze Nachbarschaft aufwecken.

Veronika lachte. Die »Nachbarschaft«, das waren die Krankensäle voller Verrückter, und die Verrückten waren mit Schlafmitteln vollgepumpt. Das Wohlgefühl hielt jedoch an. Sie stand auf und ging zu Zedkas Bett, doch die schlief tief und fest, vielleicht erholte sie sich von der fürchterlichen Erfahrung, die sie durchgemacht hatte.

»Geh ins Bett zurück«, sagte die Krankenschwester. »Brave Mädchen schlafen und träumen von Engelchen oder ihrem Liebsten.«

»Behandeln Sie mich nicht wie ein Kind. Ich bin keine zahme Verrückte, die vor allem Angst hat. Ich bin wütend, habe hysterische Anfälle, mache weder vor meinem noch vor dem Leben anderer halt. Und heute bin ich besonders schlecht drauf. Ich habe den Mond angeschaut und brauche jetzt jemanden, mit dem ich sprechen kann.«

Die Krankenschwester schaute sie überrascht an.

»Haben Sie Angst vor mir?« hakte Veronika nach. »In ein oder zwei Tagen werde ich sterben. Was habe ich zu verlieren?«

»Warum machen Sie nicht einen kleinen Spaziergang, junge Dame, damit ich mein Buch zu Ende lesen kann?«

»Weil es ein Gefängnis gibt und eine Kerkermeisterin, die so tut, als läse sie ein Buch, nur um den anderen zu zeigen, daß sie eine intelligente Frau ist. In Wahrheit achtet sie aber auf jede Bewegung auf der Station und hütet die Schlüssel wie einen Schatz. Die Bestimmungen verlangen das, und sie gehorcht, weil sie so eine Autorität zeigen kann, die ihr im Alltag mit ihrem Mann und ihren Kindern fehlt.«

Veronika zitterte, wußte aber nicht genau, weshalb.

»Schlüssel?« fragte die Krankenschwester. »Die Tür steht immer offen. Glauben Sie, ich schließe mich hier mit einer Bande Geistesgestörter ein?«

›Die Tür soll offen sein? Vor ein paar Tagen wollte ich hier raus, und diese Frau ist sogar mit mir ins Bad gegangen, um mich zu überwachen. Was erzählt sie mir da?‹

»So wörtlich habe ich's nicht gemeint«, fuhr die Krankenschwester fort. »Tatsache ist, daß wir hier wegen der Schlaftabletten nicht viel Kontrolle brauchen. Zittern Sie vor Kälte?«

»Ich weiß nicht. Ich glaube, das hat was mit meinem Herzen zu tun.«

»Wenn Sie wollen, machen Sie doch Ihren Spaziergang.«

»Eigentlich möchte ich gern Klavier spielen.«

»Der Aufenthaltsraum liegt abseits, und Ihr Klavier wird niemanden stören. Machen Sie, was Sie wollen.«

Veronikas Zittern wurde zu einem leisen, schüchternen, unterdrückten Schluchzen. Sie kniete nieder und legte den Kopf in den Schoß der Frau und weinte hemmungslos.

Die Krankenschwester legte ihr Buch zur Seite und streichelte ihr Haar und ließ zu, daß Traurigkeit und Weinen von allein verebbten. Fast eine halbe Stunde blieben die beiden so: Eine weinte, ohne zu sagen, weshalb, die andere tröstete, ohne zu wissen, warum.

Schießlich hörte das Schluchzen auf. Die Krankenschwester zog Veronika hoch, nahm sie am Arm und führte sie zur Tür.

»Ich habe eine Tochter in Ihrem Alter. Als Sie hier angekommen sind, voller Infusionsballons und Schläuchen, habe ich mich gefragt, was ein hübsches junges Mädchen, das das Leben noch vor sich hat, wohl bewogen hat, sich umzubringen.

Dann kursierte eine Reihe von Gerüchten. Über den Brief, den Sie zurückgelassen haben und von dem ich nie angenommen habe, er sei der wahre Grund. Und über die wenigen Tage, die dir wegen deines Herzleidens noch verbleiben. Das Bild meiner Tochter ging mir nicht aus dem Kopf: Wenn *sie* nun beschließt, so etwas zu tun?

Warum gehen einige Menschen gegen die natürliche Ordnung der Dinge an, die verlangt, daß man um jeden Preis überleben will?«

»Deshalb habe ich geweint«, sagte Veronika. »Als ich die Tabletten genommen habe, wollte ich jemanden umbringen, den ich haßte. Ich wußte nicht, daß es in mir andere Veronikas gab, die ich lieben könnte.«

»Was bringt einen Menschen dazu, sich selbst zu hassen?«

»Vielleicht Feigheit. Oder die ewige Angst, etwas falsch zu machen, nicht das zu tun, was die anderen von einem erwarten. Vor ein paar Minuten war ich fröhlich, ich hatte mein Todesurteil vergessen. Als ich mir aber der Lage bewußt wurde, in der ich mich befinde, erschrak ich.«

Die Krankenschwester öffnete die Tür, und Veronika ging hinaus.

›Sie hätte mich das nicht fragen dürfen. Was will sie verstehen, weshalb ich geweint habe? Weiß sie denn nicht, daß ich ein vollkommen normaler Mensch bin mit den gleichen Wünschen und Ängsten wie alle, und daß diese Art Frage, jetzt, da es zu spät ist, Panik in mir aufkommen läßt?‹

Während sie durch die Korridore ging, die mit denselben schwachen Birnen beleuchtet waren wie der Krankensaal, bemerkte Veronika, daß es zu spät war: Sie konnte ihre Angst nicht mehr beherrschen.

›Ich muß mich wieder in den Griff kriegen. Ich bin jemand, der das, was er sich vorgenommen hat, zu Ende führt.‹

Es stimmte, vieles in ihrem Leben hatte sie bis zum bitteren Ende gelebt – doch nur das, was unwichtig war wie zum Beispiel einen Streit verlängern, den eine Bitte um Entschuldigung beendet hätte, oder einen Mann, in den sie verliebt war, nicht mehr anrufen, nur weil sie glaubte, daß diese Beziehung zu nichts führte. Sie war dann unnachgiebig, wenn es am einfachsten war, wenn es darum ging, Standfestigkeit und Gleichgültigkeit zu demonstrieren, obwohl sie in Wahrheit eine zerbrechliche Frau war, die sich zudem nie groß hervorgetan hatte – weder als Schülerin noch im Schulsport und auch nicht als Friedensstifterin zu Hause.

Sie hatte ihre kleinen Unzulänglichkeiten zwar überwunden, aber letztlich bei dem versagt, was wichtig und grundlegend war. Es gelang ihr, die unabhängige Frau herauszukehren, obwohl sie sich nach jemandem sehnte, an den sie sich anlehnen konnte. Wo immer sie hinkam, zog sie die Blicke auf sich, und doch verbrachte sie am Ende die Nächte meist allein im Kloster vor dem Fernseher, dessen Programme nicht einmal richtig eingestellt waren. Sie hatte sich ihren Freunden gegenüber immer als beneidenswerte Frau hingestellt und ihre ganze Energie darauf verwendet, sich diesem Selbstbild entsprechend zu verhalten. Daher verblieb ihr keine Kraft mehr, sie selbst zu sein, ein Mensch, der wie alle anderen auf der Welt andere Menschen brauchte, um glücklich zu sein. Doch die anderen Menschen waren so schwierig! Sie reagierten unerwartet, verschlossen, und spielten – genau wie sie – die ewig Blasierten. Wenn einmal jemand kam, der dem Leben gegenüber offener war, dann lehnten sie ihn entweder ab oder verhöhnten ihn als »naiven Trottel«.

Nun, sie hatte vielleicht viele Leute mit ihrer Kraft und Entschlossenheit beeindruckt, doch wohin hatte sie das geführt? In die Leere. In die völlige Einsamkeit. Nach Villete. In den Warteraum des Todes.

Fast hätte sie den Selbstmordversuch bereut, doch sie wies diesen Gedanken entschieden von sich. Denn jetzt fühlte sie etwas, was sie bisher nie zugelassen hatte: Haß.

Haß. Etwas fast so reales wie Wände oder Klaviere oder Krankenschwestern. Die zerstörende Kraft, die aus ihrem Körper strömte, war beinahe greifbar. Sie ließ das Gefühl zu, ohne sich darum zu scheren, ob es gut war oder nicht. Sie hatte genug von Selbstbeherrschung, Masken, angepaßtem Verhalten. Veronika wollte sich in den letzten zwei oder drei Tagen ihres Lebens endlich einmal gehenlassen.

Sie hatte einem älteren Mann eine Ohrfeige verpaßt, sich mit dem Krankenpfleger angelegt, war bewußt nicht nett gewesen und hatte nicht mit den anderen geredet, als sie allein sein wollte, und nun konnte sie sogar hassen, ohne gleich alles um sich herum kurz und klein zu schlagen, damit sie nicht für den Rest ihres Lebens mit Beruhigungsmitteln in ein Spitalbett verfrachtet würde.

In diesem Augenblick haßte sie alles. Sich selbst, die Welt, den Stuhl, der vor ihr stand, die kaputte Heizung auf dem Flur, die vollkommenen Menschen ebenso wie die Kriminellen. Sie war in einer psychiatrischen Anstalt und konnte Dinge fühlen, die andere Menschen vor sich selbst verbargen. Denn wir sind alle dazu erzogen worden, zu lieben, zu akzeptieren, zu versuchen, einen Ausweg zu finden, Konflikte zu vermeiden. Veronika haßte alles, doch vor allem haßte sie die Art, wie sie ihr Leben geführt hatte, ohne je all die Hunderte von anderen Veronikas zu entdecken, die in ihr lebten und die interessant, verrückt, neugierig, mutig, risikofreudig waren.

Irgendwann begann sie auch Haß auf die Person zu fühlen, die ihr der liebste Mensch auf der Welt war, auf ihre Mutter. Die vorbildliche Ehefrau, die den ganzen Tag arbeitete und abends erst noch das Geschirr wusch, die ihr Leben opferte, damit die Tochter eine gute Ausbildung, Klavier- und Geigenunterricht bekam, sich wie eine Prinzessin kleiden, Designerklamotten kaufen konnte, während sie selber weiterhin in dem geflickten alten Kleid herumlief.

›Wie kann ich jemanden hassen, der mir nur Liebe gegeben hat?‹ dachte Veronika verwirrt und wollte ihr Gefühl zurücknehmen. Doch es war bereits zu spät, der Haß war entfesselt und hatte die Tore zu ihrer persönlichen Hölle aufgestoßen. Sie haßte die Liebe, die ihr gegeben worden war, weil sie keine Gegenleistung verlangt hatte – was absurd, unlogisch und unnatürlich ist.

Die Liebe, die keine Gegenleistung erwartete, erfüllte sie mit Schuldgefühlen, mit dem Wunsch, den in sie gesetzten Erwartungen zu entsprechen, auch wenn das bedeutete, aufzugeben, was sie für sich erträumt hatte. Es war eine Liebe, die ihr jahrelang eine heile Welt vorgegaukelt hatte, ohne zu bedenken, daß sie eines Tages aufwachen und der Wirklichkeit wehrlos ausgeliefert sein würde.

Und ihr Vater? Sie haßte auch ihren Vater. Denn im Gegensatz zu ihrer Mutter, die die ganze Zeit arbeitete, wußte er zu leben, nahm sie mit in Bars und ins Theater, wo sie sich amüsierten, und als sie noch jünger war, hatte sie ihn heimlich geliebt, nicht als Vater, sondern als Mann. Sie haßte ihn, weil er immer so bezaubernd war und so offen für andere, außer für ihre Mutter, die einzige, die es wirklich verdiente.

Sie haßte alles. Die Bibliothek mit ihren Bergen von Büchern, die einem das Leben erklärten, die Schule, für die sie nächtelang Algebra büffeln mußte, obwohl sie außer ein paar Lehrern und Mathematikern niemanden kannte, der Algebra brauchte, um glücklich zu sein. Warum mußten Schüler so viel Algebra oder Geometrie und diesen ganzen Berg nutzloser Dinge lernen?

Veronika schob die Tür zum Aufenthaltsraum auf, ging zum Klavier, öffnete den Deckel, schlug mit aller Kraft auf die Tasten. Ein verrückter, gellender Mißklang hallte durch den leeren Raum, traf die Wände und prallte als schriller Lärm, der sie bis ins Innerste aufwühlte, an ihr Ohr zurück. Und doch entsprach er genau ihrer Stimmung.

Sie schlug wieder auf die Tasten, und noch einmal hallten die dissonanten Töne wider.

›Ich bin verrückt. Ich darf es sein. Ich darf hassen und auf dem Klavier herumhämmern. Geisteskranke haben noch nie Töne ordentlich aneinandergereiht.‹

Sie schlug ein-, zwei-, zehn-, zwanzigmal in die Tasten, und mit jedem Mal wurde ihr Haß kleiner, bis er vollkommen verschwunden war.

Da überkam sie wieder ein tiefer Frieden, und Veronika schaute wieder in den gestirnten Himmel hinauf zum zunehmenden Mond – ihrem Lieblingsmond –, der den Platz, an dem sie sich befand, in mildes Licht tauchte. Erneut hatte sie das Gefühl, daß die Unendlichkeit und die Ewigkeit Hand in Hand gingen, und man brauchte nur eine von ihnen anzuschauen – wie das grenzenlose Universum –, um die Gegenwart des anderen zu bemerken, die Zeit, die niemals aufhört, nicht vergeht, die Gegenwart bleibt, in der alle Geheimnisse des Lebens enthalten sind. Auf dem Weg von der Krankenstation zum Aufenthaltsraum hatte sie ihrem Haß so hemmungslos Luft gemacht, daß kein bißchen Groll übriggeblieben war. Sie hatte zugelassen, daß ihre unterdrückten negativen Gefühle endlich an die Oberfläche kamen. Sie hatte sie ausgelebt, und nun wurden sie nicht mehr gebraucht und konnten verschwinden.

Sie verharrte still und gab sich ganz dem Augenblick hin. Und fühlte, wie der Haß entwich und die Liebe in sie einströmte. Dann drehte sie sich zum Mond und spielte ihm zu Ehren eine Sonate. Und der Mond hörte ihr zu und war stolz auf sie, was wiederum die Sterne eifersüchtig machte. Daher spielte sie dann eine Musik für die Sterne, eine für den Garten und noch eine für die Berge, die sie im Dunkeln nur erahnen konnte.

Als sie gerade die Musik für den Garten spielte, erschien ein anderer Verrückter: Eduard, ein unheilbarer Schizophrener. Sie erschrak nicht, im Gegenteil, sie lächelte ihn an, und zu ihrer Überraschung lächelte er zurück.

Auch in seine ferne Welt, die ferner war als der Mond, konnte die Musik eindringen und Wunder tun.

›Ich muß mir einen neuen Schlüsselring kaufen‹, dachte Dr. Igor, während er die Tür seines kleinen Konsultationszimmers in Villete öffnete. Das kleine Metallwappen, das am Schlüsselbund hing, war zu Boden gefallen.

Dr. Igor bückte sich und hob es auf. Was würde er mit diesem Anhänger machen, der das Stadtwappen von Ljubljana trug? Am besten wegwerfen. Aber er könnte ihn auch reparieren, eine neue Lederschlaufe dafür machen lassen. Oder er könnte ihn seinem Enkel zum Spielen schenken. Beides erschien ihm absurd: Ein Schlüsselanhänger war billig, und sein Enkel zeigte nicht das geringste Interesse an Wappen, er verbrachte seine Zeit vor dem Fernseher oder spielte mit italienischen Computerspielen. Dennoch warf er ihn nicht weg: Er steckte ihn in die Tasche und wollte später entscheiden, was er damit tun würde.

Eben aus diesem Grunde war er der Direktor einer Anstalt und kein Kranker. Weil er nämlich lange überlegte, bis er eine Entscheidung fällte.

Er machte Licht – je weiter der Winter fortschritt, desto später wurde es Tag. Wohnungswechsel, Scheidungen und mangelnde Helligkeit waren Hauptursachen für Depressionen. Dr. Igor hoffte, daß der Winter bald vorbei wäre und damit die Hälfte seiner Probleme aus der Welt geschafft.

Er warf einen Blick auf seinen Terminkalender. Er mußte etwas finden, damit Eduard nicht an Unterernährung starb. Dessen Schizophrenie machte ihn unberechenbar, jetzt hatte er ganz aufgehört zu essen. Dr. Igor hatte schon intravenöse Ernährung angeordnet, doch das konnte nicht ewig so weitergehen. Eduard war ein kräftiger junger Mann von 28 Jahren, doch auch mit der Infusion würde er am Ende bis aufs Skelett abmagern.

Was würde Eduards Vater sagen, einer der bekanntesten Botschafter der jungen slowenischen Republik und einer der führenden Köpfe bei den schwierigen Verhandlungen mit Jugoslawien Anfang der neunziger Jahre? Dieser Mann war jahrelang jugoslawischer Beamter gewesen und hatte seine Kritiker überlebt, die ihm vorwarfen, er diene dem Feind; heute stand er immer noch im diplomatischen Dienst, nur vertrat er jetzt ein anderes Land. Er war ein mächtiger, einflußreicher, von allen gefürchteter Mann.

Dr. Igor beschäftigte das einen Augenblick lang – wie zuvor der Schlüsselanhänger –, doch dann schlug er sich den Gedanken aus dem Kopf: Dem Botschafter war es gleichgültig, ob sein Sohn gut oder schlecht aussah. Er hatte nicht vor, ihn zu offiziellen Anlässen mitzunehmen oder sich von ihm in die Teile der Welt begleiten zu lassen, in die er als Vertreter der Regierung geschickt wurde. Eduard war in Villete, und dort würde er immer bleiben, zumindest solange sein Vater sein enormes Gehalt verdiente.

Dr. Igor beschloß, die intravenöse Ernährung abzusetzen. Eduard würde noch ein wenig weiter abnehmen, bis er von sich aus wieder essen wollte. Sollte sich die Lage verschlechtern, würde er einen Bericht abfassen und den Fall dem für Villete zuständigen Ärztegremium überantworten. »Wenn du nicht in Schwierigkeiten geraten willst, teile immer die Verantwortung«, hatte ihm sein Vater geraten, der ebenfalls Arzt war und dem mehrere Patienten gestorben waren, ohne daß er je Schwierigkeiten mit den Behörden bekommen hätte.

Nachdem Dr. Igor Weisung erteilt hatte, diese Behandlung von Eduard abzusetzen, wandte er sich dem nächsten Fall zu. Laut Bericht war die Patientin Zedka Mendel soweit genesen, daß sie entlassen werden konnte. Dr. Igor wollte das mit eigenen Augen nachprüfen. Schließlich gab es nichts Schlimmeres für einen Arzt als Beschwerden von den Familienmitgliedern ehemaliger Patienten. Und die gab es fast immer. Nach ihrem Aufenthalt in einer psychiatrischen Heilanstalt gelang es nämlich nur wenigen Patienten, sich wieder ins normale Leben einzufügen.

Das lag nicht an Villete. Auch nicht an den anderen Anstalten sonstwo auf der Welt; das Problem der Reintegration war überall gleich schwierig. So wie das Gefängnis den Gefangenen nicht bessert, ihm im Gegenteil nur beibringt, noch mehr Verbrechen zu begehen, so führen die psychiatrischen Anstalten dazu, daß die Kranken sich an eine vollkommen unwirkliche Welt gewöhnen, in der alles erlaubt ist und niemand Verantwortung für sein Tun tragen muß.

Es blieb nur ein Ausweg: selbst eine Behandlungsmethode zur Heilung der Geisteskrankheit zu entdecken. Dr. Igor war dabei, eine Methode zu erarbeiten, die die Welt der Psychiatrie revolutionieren sollte. In einer Heilanstalt vermischten sich unheilbar Kranke mit solchen, die nur kurz dort verblieben; letztere leiteten ein soziales Abgleiten ein, das sich, wenn es einmal in Gang gesetzt war, nicht mehr aufhalten ließ. Diese Zedka Mendel würde wieder ins Krankenhaus zurückkehren. Diesmal aus freiem Willen. Sie würde über nicht vorhandene Krankheiten klagen, nur um wieder in die Nähe von Menschen zu kommen, die sie besser zu verstehen schienen als die draußen.

Wenn es ihm jedoch gelang, das Gift zu bekämpfen, das in seinen Augen für die Verrücktheit verantwortlich war, dann würde Dr. Igors Name in die Geschichte eingehen, und jeder würde wissen, wo Slowenien lag. Diese Woche war ihm in Gestalt einer gescheiterten Selbstmörderin eine Chance vom Himmel gefallen. Diese Chance durfte er sich um kein Geld der Welt entgehen lassen.

Dr. Igor war zufrieden. Obwohl er aus ökonomischen Gründen Behandlungen dulden mußte, die von der Ärzteschaft längst abgelehnt wurden – wie beispielsweise der Insulinschock –, so kämpfte er in Villete, ebenfalls aus ökonomischen Gründen, für neue psychiatrische Behandlungsmethoden. Erstens hatte er genug Zeit und Personal, um das Gift zu erforschen, und zweitens duldeten – wohlgemerkt: duldeten, nicht erlaubten es – die Besitzer, daß eine Gruppe, die ›Bruderschaft‹ genannt wurde, in der Anstalt bleiben durfte. Aus humanitären Gründen, so führten sie an, sollte dem kürzlich geheilten Patienten gestattet werden, selbst zu bestimmen, wann er reif war, um wieder in die Welt hinauszutreten. Eine Gruppe von Patienten hatte daraufhin beschlossen, in Villete zu bleiben wie in einem exklusiven Hotel oder in einem Club, in dem sich Leute mit gemeinsamen Neigungen versammeln. Dr. Igor konnte so die Verrücken und die Gesunden zusammenleben lassen und dazu beitragen, daß letztere erstere positiv beeinflußten. Damit die Dinge nicht aus dem Ruder liefen und die Verrückten die Geheilten wieder »ansteckten«, mußten die Mitglieder der

›Bruderschaft‹ die Anstalt mindestens einmal am Tag verlassen.

Dr. Igor wußte, daß die von den Aktionären angeführten humanitären Gründe, aufgrund deren die Geheilten in der Anstalt bleiben konnten, nur ein Vorwand waren. Sie fürchteten, daß Sloweniens kleine charmante Hauptstadt Ljubljana zu wenig reiche Verrückte hergab, um diesen teuren, modernen Betrieb aufrechtzuerhalten. Außerdem verfügte das öffentliche Gesundheitswesen über erstklassige psychiatrische Anstalten, die Villete Konkurrenz machten.

Als die Aktionäre die alte Kaserne in ein Krankenhaus umwandelten, hatten sie als Zielgruppe primär die vom Krieg mit Jugoslawien Betroffenen im Sinn gehabt. Doch der Krieg währte nur kurz. Die Aktionäre hatten darauf gesetzt, daß der Krieg wiederaufgenommen würde, doch das traf nicht ein.

Jüngste Untersuchungen hatten jedoch ergeben, daß Kriege wohl geistige Schäden hervorriefen, doch weniger als Stress, Langeweile, Erbkrankheiten, Einsamkeit oder Liebeskummer. Wenn eine Gemeinschaft vor einem großen Problem stand, beispielsweise einem Krieg, einer Hyperinflation oder einer Seuche, stieg die Anzahl der Selbstmorde leicht an, während Depressionen, Paranoia und Psychosen deutlich abnahmen. Sobald das Problem überwunden war, normalisierte sich alles wieder, Dr. Igor zufolge ein deutliches Zeichen dafür, daß Verrücktheit ein Luxus war, den man sich nur unter bestimmten Voraussetzungen leisten konnte.

Er hatte eine andere kürzlich veröffentlichte Untersuchung vor Augen. Sie stammte aus Kanada, das eine amerikanische Zeitung als das Land mit dem höchsten Lebensstandard bezeichnet hatte. Dr. Igor las darin:

Dem statistischen Amt Kanadas zufolge waren psychiatrisch behandelt worden:

40 % der Menschen zwischen 15 und 34 Jahren
33 % der Menschen zwischen 35 und 54 Jahren
20 % der Menschen zwischen 55 und 65 Jahren.

Jeder fünfte Kanadier litt an irgendeiner psychischen Störung.

Jeder achte Kanadier war mindestens einmal in seinem Leben wegen Geistesstörungen in einem Krankenhaus.

›Ausgezeichneter Markt, besser als unserer‹, dachte er. ›Je glücklicher die Menschen sein können, desto unglücklicher werden sie.‹

Dr. Igor prüfte noch einige Fälle, wobei er sorgfältig überlegte, welche er dem Ärzterat vorlegen und über welche er allein entscheiden wollte. Unterdessen war es ganz Tag geworden, und er löschte das Licht.

Dann ließ er den ersten Besucher eintreten: die Mutter jener Patientin, die einen Selbstmordversuch gemacht hatte.

»Ich bin Veronikas Mutter. Wie geht es ihr?«

Dr. Igor überlegte, ob er ihr die Wahrheit sagen und ihr unnötige Überraschungen ersparen sollte – schließlich hieß seine Tochter auch Veronika –, zog es dann aber vor zu schweigen.

»Wir wissen es noch nicht«, log er. »Wir brauchen noch eine Woche.«

»Ich weiß nicht, warum Veronika das getan hat«, sagte die Frau, die weinend vor ihm saß. »Wir sind liebevolle Eltern, wir haben kein Opfer gescheut, um ihr die bestmögliche Ausbildung zu geben. Obgleich mein Mann und ich bessere und schlechtere Zeiten miteinander hatten, blieben wir zusammen, um mit gutem Beispiel voranzugehen und ihr zu zeigen, daß man um jeden Preis durchhalten muß –«

»Und trotzdem hat sie versucht, sich das Leben zu nehmen«, unterbrach sie Dr. Igor. »Das mag Sie überraschen, gnädige Frau, doch genauso ist es. Die Menschen sind außerstande, das Glück zu begreifen. Wenn Sie wollen, kann ich Ihnen die Statistiken für Kanada zeigen.«

»Kanada?«

Die Frau schaute ihn überrascht an. Dr. Igor merkte, daß er sie abgelenkt hatte, und fuhr fort:

»Schauen Sie, Sie kommen nicht hierher, um zu erfahren, wie es Ihrer Tochter geht, sondern um sich dafür zu entschuldigen, daß sie einen Selbstmordversuch unternommen hat. Wie alt ist sie?«

»Vierundzwanzig.«

»Oder anders gesagt, sie ist eine reife Frau mit Erfahrung, die gut weiß, was sie will, und in der Lage ist, ihre eigenen Entscheidungen zu treffen. Was hat das mit Ihrer Ehe oder mit den Opfern zu tun, die Sie und Ihr Mann gebracht haben? Wie lange lebt sie schon allein?«

»Seit sechs Jahren.«

»Sehen Sie? Unabhängig bis an die Wurzel der Seele. Dennoch machen sich alle wegen allem Vorwürfe, weil ein österreichischer Arzt, Dr. Sigmund Freud – ich bin sicher, Sie haben schon einmal von ihm gehört –, über krankhafte

Beziehungen zwischen Eltern und Kindern geschrieben hat. Glauben die Indianer, ein Kind, das zum Mörder geworden ist, sei ein Opfer der elterlichen Erziehung? Antworten Sie!«

»Ich habe nicht die geringste Ahnung«, entgegnete die Frau, die sich immer mehr über den Arzt wunderte. Vielleicht war er ja von seinen Patienten angesteckt worden.

»Nun, ich werde Ihnen die Antwort geben«, sagte Dr. Igor. »Die Indios glauben, daß der Mörder schuldig ist, nicht die Gesellschaft, nicht seine Eltern, auch nicht seine Vorfahren. Begehen die Japaner Selbstmord, weil eines ihrer Kinder Drogen nimmt, auf die Straße geht und herumballert? Die Antwort ist dieselbe: nein. Und sehen Sie, soweit ich weiß, begehen Japaner für nichts und wieder nichts Selbstmord. Neulich habe ich von einem jungen Japaner gelesen, der sich umgebracht hat, weil er die Aufnahmeprüfung für die Universität nicht schaffte.«

»Könnte ich vielleicht mit meiner Tochter sprechen?« fragte die Frau, die sich weder für Japaner, noch Indianer oder Kanadier interessierte.

»Ja, gleich«, sagte Dr. Igor, der sich nicht gern unterbrechen ließ. »Doch vorher möchte ich, daß Sie eines verstehen: Von einigen schweren pathologischen Fällen einmal abgesehen, werden Menschen verrückt, wenn sie versuchen, aus der Routine auszubrechen. Haben Sie verstanden?«

»Ich habe das sehr gut verstanden«, antwortete sie. »Und wenn Sie glauben, daß ich nicht in der Lage wäre, mich um sie zu kümmern, seien Sie ganz beruhigt: Ich habe nie versucht, mein Leben zu verändern.«

»Wie gut«, bemerkte Dr. Igor mit gespielter Erleichterung. »Haben Sie sich schon einmal vorgestellt, wie es wäre, wenn wir nicht gezwungen wären, jeden Tag in unserem Leben dasselbe zu tun? Wenn wir beispielsweise beschließen würden, nur dann zu essen, wenn wir Hunger haben, wie dann die Hausfrauen und die Restaurants damit zurechtkämen?«

›Es wäre viel normaler, nur dann zu essen, wenn wir Hunger haben‹, dachte die Frau, sagte aber nichts, weil sie fürchtete, daß man ihr sonst verbieten würde, mit Veronika zu sprechen.

»Das wäre eine Katastrophe«, sagte sie. »Ich bin Hausfrau und weiß, wovon ich spreche.«

»Da haben wir das Frühstück, das Mittagessen, das Abendessen: Wir müssen immer zur selben Zeit aufstehen und uns einmal in der Woche ausruhen. Weihnachten gibt es, damit man Geschenke machen, Ostern, damit man drei Tage am See verbringen kann. Würden Sie sich freuen, wenn Ihr Mann, weil ihn plötzlich eine Welle der Leidenschaft erfaßt, beschließt, Sie im Wohnzimmer zu lieben?«

›Wovon redet dieser Mann da eigentlich? Ich bin hierhergekommen, um meine Tochter zu sehen!‹ überlegte die Frau.

»Ich wäre traurig«, antwortete sie vorsichtig und hoffte, die richtige Antwort gegeben zu haben.

»Großartig«, brüllte Dr. Igor. »Geliebt wird nur im Bett. Sonst würden wir ein schlechtes Beispiel abgeben und Anarchie säen.«

»Kann ich meine Tochter sehen?« unterbrach die Frau.

Dr. Igor resignierte. Diese Bäuerin würde nie begreifen, worüber er sprach, sie war nicht daran interessiert, Verrücktheit auf philosophischer Ebene zu diskutieren, obwohl sie wußte, daß ihre Tochter einen echten Selbstmordversuch gemacht hatte und ins Koma gefallen war.

Er klingelte, und seine Sekretärin erschien.

»Lassen Sie bitte das Selbstmordmädchen kommen«, sagte er. »Die mit dem Brief an die Zeitschrift, in dem sie sagte, daß sie sich umbringen würde, um zu beweisen, daß es Slowenien gibt.«

Ich will sie nicht sehen. Ich habe meine Verbindungen zur Welt schon gekappt.«

Es war nicht einfach, das vor allen anderen dort im Aufenthaltsraum zu sagen. Doch der Krankenpfleger war auch nicht diskret gewesen und hatte laut verkündet, daß ihre Mutter auf sie wartete, als wäre das von allgemeinem Interesse.

Sie wollte ihre Mutter nicht sehen, weil beide leiden würden. Veronika hatte Abschiede immer gehaßt.

Der Pfleger ging, und sie schaute wieder auf die Berge. Nach einer Woche war die Sonne endlich zurückgekommen. Sie wußte dies schon seit der vergangenen Nacht, denn der Mond hatte es ihr erzählt, während sie Klavier gespielt hatte.

›Nein, das ist Wahnsinn, ich verliere die Kontrolle. Die Gestirne sprechen nicht. Nur zu denen, die sich Astrologen nennen. Wenn der Mond mit jemandem gesprochen hat, so nur mit jenem Schizophrenen.‹

Kaum hatte sie das gedacht, da spürte sie ein Stechen im Herzen, und ein Arm wurde taub. Veronika sah, wie sich die Decke drehte: ein Herzanfall!

Sie verfiel in eine Art Euphorie, als würde sie der Tod von der Angst vor dem Tod befreien. Also gut, das war das Ende! Vielleicht würde sie etwas Schmerzen verspüren, doch was waren fünf Minuten Todeskampf gegen eine Ewigkeit in Stille? Sie schloß einfach die Augen: Sie hatte die Toten mit den offenen Augen in den Filmen immer entsetzlich gefunden.

Doch der Herzanfall schien anders zu sein, als sie es sich vorgestellt hatte. Veronika begann nach Luft zu ringen und stellte entsetzt fest, daß sie kurz vor dem Erstickungstod stand, die Todesart, die sie am meisten fürchtete. Sie würde sterben, als wäre sie lebendig begraben worden oder als würde man sie plötzlich auf den Meeresgrund hinunterziehen.

Sie schwankte, fiel zu Boden, fühlte, wie ihr Gesicht aufschlug, versuchte weiterhin unter Riesenanstrengungen zu atmen, doch sie bekam keine Luft. Schlimmer noch als der Tod, der kommen würde, war, daß sie alles um sich herum bewußt erlebte, immer noch Farben und Umrisse sah. Sie konnte nur nicht mehr verstehen, was die anderen sagten. Die Schreie, die Ausrufe schienen von fern, wie aus einer anderen Welt zu kommen. Doch davon abgesehen war alles real, die Luft strömte nicht in ihre Lungen, ihre Muskeln gehorchten ihr nicht, aber ihr Bewußtsein verließ sie nicht.

Sie spürte, wie jemand sie packte und auf den Rücken drehte, doch jetzt hatte sie die Kontrolle über die Bewegungen ihrer Augen verloren, die kreisten und Hunderte von verschiedenen Bildern an ihr Gehirn sandten und das Gefühl des Erstickens mit einem visuellen Chaos vermischten.

Ganz allmählich entfernten sich auch die Bilder, und als die Todesqualen ihren Höhepunkt erreicht hatten, kam endlich die Luft mit einem so fürchterlichen Rasseln herein, daß alle im Saal vor Angst wie gelähmt waren.

Veronika würgte und übergab sich hemmungslos. Nachdem der lebensbedrohliche Moment vorbei war, begannen ein paar Verrückte zu lachen, und sie fühlte sich erniedrigt, verloren, außerstande zu reagieren.

Ein Krankenpfleger kam herbeigelaufen und gab ihr eine Spritze in den Arm.

»Beruhigen Sie sich. Es ist vorbei.«

»Ich bin nicht gestorben!« begann sie zu schreien, indem sie auf die anderen Patienten zuging und den Boden und die Möbel mit ihrem Erbrochenen beschmutzte. »Ich bin immer noch in dieser verdammten Anstalt, gezwungen, mit euch zusammenzuleben! Muß jeden Tag und jede Nacht tausend Tode sterben, und niemand hat Erbarmen mit mir!«

Sie wandte sich an den Krankenpfleger, riß ihm die Spritze aus der Hand und warf sie in den Garten.

»Was wollen Sie? Warum spritzen Sie mir kein Gift, wo Sie doch wissen, daß ich zum Tod verurteilt bin. Wo sind Ihre Gefühle?«

Sie konnte sich nicht mehr beherrschen, setzte sich wieder auf den Boden und begann heftig zu weinen, schrie, schluchzte, während einige der Mitpatienten lachten und sich über ihre schmutzige Kleidung lustig machten.

»Geben Sie ihr ein Beruhigungsmittel!« sagte eine Ärztin, die hereingerannt kam. »Bringen Sie die Lage unter Kontrolle!«

Der Krankenpfleger war jedoch wie gelähmt. Die Ärztin lief wieder hinaus, kam mit zwei weiteren Krankenpflegern und einer Spritze zurück. Die Männer packten das hysterische Wesen, das sich mitten im Aufenthaltsraum heftig wehrte, während ihr die Ärztin das Beruhigungsmittel bis zum letzten Tropfen in die Ader ihres beschmutzten Armes spritzte.

Sie lag im Sprechzimmer von Dr. Igor auf einem makellos weißen Bett mit einem frischen Laken.

Er horchte ihr Herz ab. Sie tat so, als schliefe sie noch, doch irgend etwas in oder an ihr mußte sich geändert haben, weil der Arzt plötzlich so redete, als wüßte er, daß sie ihm zuhörte.

»Keine Angst«, sagte er. »Bei Ihrer Gesundheit werden Sie hundert Jahre alt.«

Veronika öffnete die Augen. Jemand hatte ihre Kleider gewechselt. War es Dr. Igor gewesen? Hatte er sie nackt gesehen? Ihr Kopf arbeitete noch nicht normal.

»Was haben Sie gesagt?«

»Ich habe gesagt, Sie sollen keine Angst haben.«

»Nein. Sie haben gesagt, ich würde hundert Jahre alt werden.«

Der Arzt ging zu seinem Schreibtisch.

»Sie haben gesagt, ich würde hundert Jahre alt werden«, hakte Veronika nach.

»In der Medizin ist nichts endgültig«, wiegelte Dr. Igor ab. »Alles ist möglich.«

»Wie geht es meinem Herzen?«

»Genau wie vorher.«

Dann brauchte sie nichts weiter. Die Ärzte sagen angesichts eines schwierigen Falles, ›Sie werden hundert Jahre alt‹, oder ›Das ist nichts Ernstes‹, oder ›Sie haben das Herz und den Blutdruck eines Kindes‹ oder auch ›Wir müssen die

Untersuchung wiederholen‹. Als hätten sie Angst, die Patienten könnten ihnen die Praxis zertrümmern.

Sie versuchte aufzustehen, doch es ging nicht: Das Zimmer begann sich zu drehen.

»Bleiben Sie noch einen Augenblick liegen, bis Sie sich besser fühlen. Sie stören mich nicht.«

Wie gut, dachte Veronika. Und wenn es nun doch nicht so wäre?

Als erfahrener Arzt schwieg Dr. Igor eine geraume Weile und tat so, als läse er einige Papiere, die auf seinem Schreibtisch lagen. Wenn wir mit jemandem zusammen sind und die andere Person nichts sagt, wird das allmählich irritierend, angespannt, unerträglich. Dr. Igor hoffte, das Mädchen würde zu sprechen beginnen, damit er Angaben für seine These über die Verrücktheit und die Behandlungsmethode sammeln konnte, die er gerade entwickelte.

Doch Veronika sagte kein Wort. ›Vielleicht ist sie ja schon zu sehr mit Vitriol vergiftet‹, dachte Dr. Igor, während er sich entschloß, das Schweigen zu brechen, das bedrückend, irritierend, unerträglich wurde.

»Mir scheint, Sie spielen gern Klavier«, sagte er und versuchte dabei so beiläufig wie möglich zu klingen.

»Und die Verrückten hören gern zu. Gestern hatte ich einen, der war völlig hin und weg.«

»Eduard. Er hat jemandem gesagt, er habe es wunderbar gefunden. Wer weiß, vielleicht ißt er ja wieder wie normale Menschen.«

»Ein Schizophrener, der Musik mag? Und das den anderen erzählt?«

»Ja. Und ich wette, daß Sie keine Ahnung haben, was Sie da gerade sagen.«

Dieser Arzt, der mit seinen schwarz gefärbten Haaren eher wie ein Patient wirkte, hatte recht. Veronika hatte das Wort häufig gehört, wußte aber nicht, was es bedeutete.

»Kann das geheilt werden?« fragte sie und hätte gern mehr über Schizophrenie erfahren.

»Man kann es unter Kontrolle bringen. Noch weiß man nicht genau, was in der Welt der Verrückten geschieht. Alles ist neu, und die Therapie ändert sich alle zehn Jahre. Ein Schizophrener ist jemand, der eine natürliche Neigung dazu hat, sich aus dieser Welt zu entfernen, bis irgend etwas – das je nach Fall schwerwiegend oder nebensächlich sein kann – dazu führt, daß er sich eine Realität nur für sich allein schafft. Der Fall kann sich bis zu vollkommener Abwesenheit entwickeln. Das nennen wir dann Katatonie. Oder es gibt eine Besserung, die dem Patienten erlaubt zu arbeiten, ein praktisch normales Leben zu führen. Das hängt allein von der Umwelt ab.«

»Eine Realität nur für sich allein schaffen«, wiederholte Veronika. »Was ist denn überhaupt Realität?«

»Sie ist das, von dem die meisten glauben, daß sie so sein sollte. Nicht unbedingt besser, nicht logischer, doch den kollektiven Wünschen angepaßt. Sehen Sie, was ich da um den Hals trage?«

»Eine Krawatte.«

»Sehr gut. Ihre Antwort ist logisch, kohärent, die eines ganz normalen Menschen: eine Krawatte!

Ein Verrückter würde jedoch sagen, daß ich ein buntes, lächerliches, nutzloses, auf komplizierte Weise geschlungenes Stück Stoff um den Hals trage, das die Beweglichkeit des Kopfes einschränkt und uns zwingt, tiefer zu atmen, damit Luft in die Lungen gelangt. Wenn ich in der Nähe eines Ventilators bin und nicht aufpasse, kann dieses Stück Stoff mich erwürgen.

Wenn ein Verückter mich fragt, wozu eine Krawatte gut ist, muß ich ihm antworten: zu überhaupt nichts. Nicht einmal zum Verschönern, weil sie heute zum Symbol der Versklavung, der Macht, der Distanz geworden ist. Die Nützlichkeit der Krawatte besteht darin, nach Hause zu kommen und sie abzunehmen und das Gefühl zu genießen, daß wir uns von etwas befreit haben, von dem wir nicht einmal wissen, was es ist.

Doch rechtfertigt dieses Gefühl der Erleichterung die Krawatte? Nein. Dennoch wird, wenn ich einen Verrückten und einen normalen Menschen frage, was das ist, derjenige als gesund erachtet werden, der mir antwortet: eine Krawatte. Gleichgültig, wer es richtig sieht oder wer recht hat.«

»Das heißt, Sie haben aus meiner Antwort geschlossen, daß ich nicht verrückt bin, denn ich habe den richtigen Namen dieses bunten Stücks Stoff angegeben.«

›Nein, du bist nicht verrückt‹, dachte Dr. Igor, der auf diesem Gebiet eine Autorität war und an dessen Sprechzimmerwänden mehrere Diplome hingen. Sich gegen das eigene Leben vergehen, das war etwas Menschliches. Er kannte viele Menschen, die das getan hatten, und dennoch weiterhin dort draußen lebten, Unschuld und Normalität vortäuschten, nur weil sie nicht die skandalöse Methode des

Selbstmordes gewählt hatten. Sie töteten sich ganz allmählich, indem sie sich mit dem vergifteten, das Dr. Igor Vitriol nannte.

Das Vitriol war eine giftige Substanz, deren Symptome er in Gesprächen mit Männern und Frauen erkannt hatte. Jetzt schrieb er über diese Frau eine Abhandlung, die er der Naturwissenschaftlichen Akademie von Slowenien vorlegen wollte. Das war ein wichtiger Schritt weiter auf dem Gebiet der Geisteskrankheit, seit Dr. Pinel den Kranken die Ketten hatte abnehmen lassen und die Welt der Medizin mit der Aussage verblüffte, einige von ihnen könnten geheilt werden.

Genau wie die Libido – eine für den Sexualtrieb verantwortliche chemische Reaktion, die Dr. Freud zwar erkannt hatte, jedoch kein Laboratorium je isolieren konnte – wurde das Vitriol vom Körper von Menschen abgesondert, die sich in einer Angstsituation befanden. Auch wenn es in den modernen spektrographischen Tests nicht nachzuweisen war, so war es doch leicht am Geschmack zu erkennen, der weder süß noch salzig war – am bitteren Geschmack. Dr. Igor, der noch unerkannte Entdecker dieser tödlichen Substanz, hatte ihr den Namen eines Giftes gegeben, das früher von Kaisern, Königen und Liebhabern jeder Art benutzt wurde, um eine unliebsame Person zu beseitigen.

Das waren noch Zeiten gewesen, königlich-kaiserliche Zeiten: Damals lebte und starb man noch romantisch. Der Mörder lud sein Opfer zu einem köstlichen Abendessen, der Diener trat mit zwei schönen Gläsern ein. In einem war Vitriol unter das Getränk gemischt. Wieviel Gefühl lag in den Gesten des Opfers – es nahm das Glas, sagte einige süße oder aggressive Worte, trank dann, als handle es sich um einen köstlichen Tropfen, blickte den Gastgeber erstaunt an und fiel wie vom Blitz getroffen zu Boden!

Doch hatten sicherere Tötungsmittel wie Revolver, Bakterien und so weiter dieses Gift, das heutzutage nur teuer und sehr schwer zu bekommen war, abgelöst. Dr. Igor, der romantisch veranlagt war, hatte den fast vergessenen Namen gerettet und ihn einer Krankheit der Seele gegeben, die er diagnostiziert hatte und mit deren Entdeckung er alsbald die Welt zu überraschen gedachte.

Es war merkwürdig, daß niemand das Vitriol als tödliches Gift erwähnt hatte, obwohl die meisten von ihm befallenen Menschen seinen Geschmack identifizierten und den Vergiftungsprozeß als »Verbitterung« bezeichneten. Alle Wesen hatten Bitterkeit in ihrem Organismus. In mehr oder weniger großen Mengen, so wie wir auch fast alle den Tuberkulosebazillus in uns tragen. Doch diese Krankheiten können dem Patienten nur dann etwas anhaben, wenn er geschwächt ist. Im Falle der Bitterkeit wird das Terrain für die Krankheit vorbereitet, wenn jemand Angst vor der sogenannten »Realität« entwickelt.

Bestimmte Menschen erhöhen im Bemühen, eine eigene heile, unangreifbare Welt zu schaffen, ihre Abwehr gegen die Außenwelt – fremde Menschen, neue Orte, neue Erfahrungen. Ihr Inneres bleibt leer. Und dort drängt die Bitterkeit hinein und verursacht unumkehrbare Schäden.

Zielscheibe der Bitterkeit oder des Vitriols, wie Dr. Igor es lieber nennt, ist die Willenskraft. Die von der Krankheit der Verbitterung befallenen Menschen verlieren die Lust an allem, und in wenigen Jahren können sie schon nicht mehr aus ihrer Welt heraus, denn sie haben unendlich viel Kraft dafür aufgewandt, hohe Mauern aufzurichten, damit die Realität das wurde, was sie sich darunter gern vorstellten.

Indem sie jeden Angriff von außen vermieden, hatten sie auch das innere Wachstum eingeschränkt. Sie gingen weiterhin zur Arbeit, sahen fern, beklagten sich über den Verkehr und darüber, daß sie Kinder hatten, doch alles geschah automatisch, ohne allzuviel Gefühlsaufwand, weil sie ja letztlich alles unter Kontrolle hatten.

Das große Problem der Vergiftung durch Bitterkeit war, daß sich auch die Leidenschaften – Haß, Liebe, Verzweiflung, Begeisterung, Neugier – nicht mehr äußerten. Nach einiger Zeit hatte der Verbitterte keine Wünsche mehr. Hatte er weder den Wunsch zu leben noch zu sterben, und gerade darin lag das Problem.

Aus diesem Grund waren Helden und Verrückte immer besonders faszinierend für die Verbitterten: Sie hatten weder Angst vor dem Leben noch vor dem Tod. Helden wie Verrückte ließen sich von Gefahren nicht beirren, sie gingen ihren Weg weiter, auch wenn alle sagten, sie sollten dies nicht tun. Der Verrückte brachte sich um, der Held gab für eine Sache sein Leben – beide aber starben, und die Verbitterten verbrachten viele Nächte damit, die Absurdität der beiden Tode zu kommentieren. Nur in diesen Augenblikken fand der Verbitterte Kraft, über die Mauer der Abwehr zu klettern und sich etwas umzuschauen: Doch bald schon wurden seine Hände und seine Füße wieder müde, und er kehrte zum alltäglichen Leben zurück.

Der chronisch Verbitterte bemerkte seine Krankheit nur

einmal in der Woche: am Sonntagnachmittag. Dann, wenn weder seine Arbeit noch die Routine ihm halfen, die Symptome zu lindern, bemerkte er, daß irgend etwas nicht stimmte. Denn der Frieden dieser Nachmittage war die reinste Hölle, die Zeit verging nicht, und er war ständig gereizt.

Doch dann wurde es wieder Montag, und der Verbitterte vergaß seine Symptome, auch wenn er schimpfte, daß er niemals Zeit hätte, sich auszuruhen, und sich darüber beklagte, daß die Wochenenden immer so schnell vergingen.

Diese Krankheit hatte jedoch einen Vorteil. Sie war gesellschaftlich gesehen bereits zur Regel geworden, und die Leute mußten nicht mehr interniert werden, es sei denn, die Vergiftung war so weit fortgeschritten, daß dieser Mensch für seine Umwelt zur Belastung wurde. Aber der größte Teil der Verbitterten konnte draußen weiterleben, ohne die Gesellschaft zu bedrohen, da sie wegen der Mauern, die sie um sich errichtet hatten, vollkommen isoliert waren, obwohl es so aussah, als nähmen sie am sozialen Leben teil.

Dr. Sigmund Freud hatte die Libido entdeckt und eine Behandlung der aus ihr entstehenden Probleme: die Psychoanalyse. Dr. Igor mußte nun, nachdem er das Vorhandensein des Vitriols entdeckt hatte, beweisen, daß auch hier eine Heilung möglich war. Er wollte, daß sein Name in die Geschichte der Medizin einging, obwohl er sich bewußt war, welche Schwierigkeiten ihn erwarteten, wenn er seine Ideen durchsetzen wollte. Denn die »Normalen« waren mit ihrem Leben zufrieden, sie würden niemals eingestehen, daß sie krank waren, während die »Kranken« eine riesige Industrie von Anstalten, Laboratorien, Kongressen und so weiter in Gang hielten.

›Ich weiß, daß die Welt meine Anstrengungen nicht anerkennen wird‹, sagte er sich und war stolz darauf, daß er unverstanden war. Das war schließlich der Preis, den Genies zu zahlen hatten.

»Was ist mit Ihnen?« fragte das Mädchen. »Sie scheinen in die Welt Ihrer Patienten abgedriftet zu sein.«

Dr. Igor ignorierte den Stachel.

»Sie können jetzt gehen«, sagte er.

Veronika wußte nicht, ob es Tag oder Nacht war, bei Dr. Igor hatte das Licht gebrannt, doch das war morgens immer so. Dennoch sah sie, als sie auf den Flur trat, den Mond und stellte fest, daß sie länger als geglaubt geschlafen hatte.

Auf dem Weg zur Krankenstation bemerkte sie ein gerahmtes Foto an der Wand. Es war der Hauptplatz von Ljubljana – doch noch ohne die Statue des Dichters Prešeren –, auf dem Paare spazierengingen, wahrscheinlich an einem Sonntag.

Sie schaute das Datum nach: Sommer 1910.

Sommer 1910. Da waren Menschen, deren Enkel inzwischen schon gestorben waren, in einem bestimmten Augenblick ihres Lebens festgehalten. Die Frauen trugen weite Röcke, die Männer hatten alle einen Hut auf, trugen einen Gehrock, Krawatte (oder ein buntes Stück Stoff, wie die Verrückten es nannten), Gamaschen und einen Regenschirm unter dem Arm.

Und die Hitze? Es mußte gleich heiß sein wie heutzutage im Sommer, 35° im Schatten. Was hätten damals die Leute gedacht, wenn ein Engländer in Bermudas und in Hemdsärmeln, einer für die Hitze passenden Kleidung, erschienen wäre?

›Ein Verrückter!‹

Sie hatte durchaus verstanden, was Dr. Igor sagen wollte. Ebensogut hatte sie verstanden, daß sie ihr ganzes Leben lang zwar geliebt und behütet gewesen war, daß aber etwas fehlte, um diese Liebe zu einem Segen zu machen: Dazu hätte sie sich etwas mehr Verrücktheit zugestehen müssen.

Ihre Eltern würden sie irgendwie immer weiter lieben, doch sie würde nie wagen, den Preis für ihren Traum zu zahlen, weil sie fürchtete, sie zu verletzen. Dieser Traum war tief in ihrem Gedächtnis vergraben, obwohl ihn von Zeit zu Zeit ein Konzert oder eine schöne Platte wieder zum Leben erweckte. Doch jedesmal, wenn ihr Traum wiedererweckt wurde, war das Gefühl der Frustration so groß, daß sie ihn sofort wieder begrub.

Veronika wußte von Kindesbeinen an, welches ihre wahre Berufung war: Pianistin sein!

Sie hatte dies mit zwölf in der ersten Musikstunde gefühlt. Ihre Lehrerin erkannte ihr Talent und ermunterte sie, das Klavierspielen zu ihrem Beruf zu machen. Doch als Veronika glücklich über einen gewonnenen Wettbewerb meinte, daß sie alles andere aufgeben wolle, um nur noch Klavier zu spielen, hatte die Mutter ihr mit einem liebevollen Blick erklärt: »Niemand lebt nur vom Klavierspielen, mein Herz.«

»Aber du hast mich doch Unterricht nehmen lassen!«

»Damit du deine künstlerische Begabung entwickelst, nur deshalb. Ehemänner schätzen klavierspielende Frauen, und du könntest dich bei einer Feier hervortun. Vergiß diese Geschichte mit der Pianistenkarriere, daß du Pianistin werden willst. Studiere Jura. Rechtsanwältin, das ist ein Beruf mit Zukunft.«

Veronika folgte dem Rat ihrer Mutter, weil sie darauf vertraute, daß diese genug Lebenserfahrung hatte, um die Realität richtig einzuschätzen. Sie beendete ihre Schule, ging an die Universität, verließ die Universität mit einem Diplom und ausgezeichneten Noten, doch am Ende bekam sie nur eine Anstellung als Bibliothekarin.

›Ich hätte verrückter sein sollen.‹ Doch wie die meisten Menschen entdeckte sie das zu spät.

Sie hatte sich gerade umgewandt, um ihren Weg fortzusetzen, als jemand sie am Arm festhielt. Das starke Beruhigungsmittel, das man ihr gegeben hatte, rann noch durch ihre Adern; deshalb reagierte sie nicht, als Eduard, der Schizophrene, sie sanft in eine andere Richtung führte – zum Aufenthaltsraum.

Der Mond stand immer noch im ersten Viertel, und Veronika hatte sich auf Eduards stumme Bitte hin schon ans Klavier gesetzt, als sie eine Stimme aus dem Speisesaal hörte. Jemand sprach mit ausländischem Akzent, und Veronika konnte sich nicht daran erinnern, diesen Akzent schon einmal in Villete gehört zu haben.

»Ich möchte jetzt nicht Klavier spielen, Eduard. Ich will wissen, was in der Welt geschieht, was nebenan geredet wird, wer dieser Fremde ist.«

Eduard lächelte. Vielleicht hatte er kein Wort von dem verstanden, was sie gesagt hatte. Doch sie erinnerte sich an Dr. Igor: Schizophrene können in zwei unterschiedlichen Realitäten aus und ein gehen.

»Ich werde sterben«, fuhr sie fort und hoffte, ihre Worte würden zu ihm durchdringen. »Der Tod hat heute mein

Gesicht mit seinem Flügel berührt. Und wird morgen oder bald schon an meine Tür klopfen. Du darfst dich nicht daran gewöhnen, jeden Abend dem Klavierspiel zuzuhören.

Niemand darf sich an etwas gewöhnen, Eduard. Sieh mal: Ich fand schon wieder Gefallen an der Sonne, an den Bergen, an den Problemen. Ich habe sogar schon akzeptiert, daß am fehlenden Sinn in meinem Leben niemand Schuld hatte außer ich selbst. Ich wollte wieder auf den Platz von Ljubljana zurück, Haß und Liebe fühlen, Verzweiflung und Langeweile, all diese einfachen, närrischen Dinge, die Teil des Alltags sind, einem aber das Leben schmackhaft machen. Wenn ich eines Tages hier herauskommen könnte, würde ich mir zugestehen, verrückt zu sein, weil alle Welt es ist, wobei die Schlimmsten die sind, die nicht wissen, daß sie es sind, weil sie nur wiederholen, was die anderen ihnen auftragen.

Doch all dies ist unmöglich, verstehst du? Genauso wenig kannst du den ganzen Tag darauf warten, daß es Nacht wird und eine der Anstaltsinsassinnen Klavier spielt – denn das wird schon bald aufhören. Meine Welt und deine Welt gehen ihrem Ende zu.«

Sie erhob sich, berührte zärtlich das Gesicht des jungen Mannes und ging in den Speisesaal.

Als sie die Tür öffnete, stand sie vor einem ungewöhnlichen Szenario: Tische und Stühle waren an die Wand gerückt, und dadurch wurde eine große leere Fläche in der Mitte gebildet. Dort saßen die Mitglieder der Bruderschaft auf dem Boden und hörten einem Mann zu, der Anzug und Krawatte trug.

»... und dann haben sie den großen Sufi-Meister Nasrudin eingeladen, einen Vortrag zu halten«, sagte er.

Als die Tür aufging, sahen alle Veronika an. Der Mann im Anzug sagte zu ihr:

»Setzen Sie sich!«

Sie setzte sich auf den Boden neben die weißhaarige Frau, Mari, die bei ihrem ersten Treffen so aggressiv gewesen war. Zu ihrer Überraschung lächelte ihr Mari einladend zu.

Der Mann im Anzug fuhr fort:

»Nasrudin beraumte den Vortrag für zwei Uhr nachmittags an, und es war ein Erfolg: Die zweitausend Karten wurden alle verkauft, und mehr als sechshundert Menschen mußten draußen bleiben, wo sie den Vortrag in einer Fernsehübertragung verfolgen konnten.

Um Punkt vier Uhr kam ein Assistent von Nasrudin herein, um zu sagen, daß sich der Vortrag aufgrund höherer Gewalt etwas verzögern würde. Einige erhoben sich empört, wollten ihr Geld zurück und verließen den Saal. Doch es blieben trotzdem viele Menschen im und vor dem Saal zurück.

Ab vier Uhr gingen, da der Sufi-Meister immer noch nicht gekommen war, allmählich immer mehr Leute und ließen sich ihr Geld zurückgeben: Es war Büroschluß und Zeit, nach Hause zu gehen. Um sechs Uhr waren von den zweitausend Zuhörern nur noch einhundert übrig.

In diesem Augenblick trat Nasrudin ein. Er wirkte vollkommen betrunken und fing an, mit einer hübschen jungen Frau zu flirten, die in der ersten Reihe saß.

Nachdem die erste Überraschung verflogen war, wurden die Leute ärgerlich: Wie konnte sich dieser Mann, nachdem sie vier Stunden auf ihn gewartet hatten, jetzt so aufführen? Empörtes Gemurmel wurde laut, doch der Sufi-Meister scherte sich nicht darum. Er erklärte weiterhin laut brüllend, wie sexy das junge Mädchen doch sei, und lud sie ein, ihn nach Frankreich zu begleiten.«

›Was für ein Meister‹, dachte Veronika. ›Wie gut, daß ich nie an so etwas geglaubt habe.‹

»Nachdem er die Leute, die sich empörten, beschimpft hatte, versuchte Nasrudin aufzustehen, doch er fiel schwer zu Boden. Entsetzt beschlossen die Leute wegzugehen und meinten, daß dies nichts weiter als Scharlatanerei sei und sie dieses erniedrigende Schauspiel den Zeitungen berichten wollten.

Neun Leute blieben im Saal. Und kaum hatte die Gruppe der Empörten den Saal verlassen, da erhob sich Nasrudin. Er war nüchtern, seine Augen verströmten Licht, und ihn umgab eine Aura von Würde und Weisheit. ›Ihr, die noch hier seid, seid die, die mich hören sollen‹, sagte er. ›Ihr habt die zwei härtesten Prüfungen auf dem spirituellen Weg bestanden: die Geduld, auf den richtigen Augenblick zu warten, und den Mut, euch nicht von dem enttäuschen zu lassen, was ihr vorgefunden habt. Euer Lehrer werde ich sein.‹

Und Nasrudin brachte ihnen einige der Sufi-Techniken bei.«

Der Mann machte eine Pause und zog eine fremdartige Flöte aus der Tasche.

»Wir wollen jetzt etwas ausruhen, und dann machen wir unsere Meditation.«

Die Gruppe erhob sich. Veronika wußte nicht, was sie machen sollte.

»Steh auch auf!« sagte Mari, die sie bei der Hand nahm. »Wir haben fünf Minuten Pause.«

»Ich gehe lieber, ich möchte nicht stören.«

Mari zog sie in eine Ecke.

»Hast du denn überhaupt nichts gelernt, nicht einmal angesichts der Nähe des Todes? Hör auf, ständig zu glauben, daß du jemanden störst! Wenn die Leute sich gestört fühlen, werden sie es schon sagen! Und wenn sie nicht den Mut dazu haben, ist das ihr Problem!«

»An dem Tag, als ich mich euch genähert habe, tat ich etwas, was ich noch nie zuvor gewagt hatte.«

»Und dann hast du dich von einem einfachen Verrücktenscherz abschrecken lassen! Warum bist du nicht einfach weitergegangen? Was hattest du zu verlieren?«

»Meine Würde. Dort zu sein, wo ich nicht willkommen war.«

»Was ist denn schon Würde? Das bedeutet doch nur, daß alle finden, daß du brav, wohlerzogen und voller Nächstenliebe bist? Respektiere die Natur, schau dir mehr Tierfilme an und achte darauf, wie sie um ihren Raum kämpfen. Wir haben uns alle über diesen Klaps gefreut, den du dem einen von uns gegeben hast.«

Veronika blieb keine Zeit mehr, Kämpfe um Raum zu führen. Sie wechselte das Thema und fragte, wer dieser Mann sei.

»Du besserst dich«, lachte Mari. »Du fragst, ohne zu fürchten, man könnte dich für indiskret halten. Dieser Mann ist ein Sufi-Meister.«

»Was heißt ›Sufi‹?«

»Wolle.«

Veronika verstand das nicht. Wolle?

»Der Sufismus ist eine spirituelle Tradition der Derwische, bei der die Meister nicht darauf aus sind, Weisheit zu zeigen, und die Schüler kreiselnd tanzen und in Trance fallen.«

»Und wozu ist das gut?«

»Ich bin mir nicht ganz sicher. Doch unsere Gruppe hat beschlossen, alle verbotenen Erfahrungen zu machen. Mein ganzes Leben lang hat uns die Regierung erzogen und uns erklärt, daß die spirituelle Suche nur darin besteht, den Menschen von seinen realen Problemen zu entfernen. Jetzt antworte mir: Findest du nicht, daß das Leben zu verstehen ein reales Problem ist?«

Ja, das war ein reales Problem. Außerdem war sie sich nicht mehr sicher, was das Wort ›Realität‹ bedeutete.

Der Mann im Anzug, der laut Mari ein Sufi-Meister war, bat alle, sich im Kreis hinzusetzen. Aus einer der Vasen im Speisesaal nahm er alle Blumen bis auf eine rote Rose heraus und stellte die Vase mit der einzelnen Blume in die Mitte des Kreises.

»Schau, was wir geschafft haben«, sagte Veronika. »Irgendwann hat ein Verrückter gemeint, daß es möglich sei, Blumen im Winter zu züchten, und heute haben wir in ganz Europa das ganze Jahr über Rosen. Glaubst du, daß ein Sufi-Meister bei all seinem Wissen fähig ist, so etwas zu tun?«

Mari schien ihre Gedanken zu erraten.

»Heb dir die Kritik für später auf.«

»Ich werd's versuchen. Weil mir nur noch die Gegenwart bleibt, die wie gesagt, kurz ist.«

»Sie ist alles, was wir haben, und sie ist immer sehr kurz,

obwohl einige meinen, daß sie eine Vergangenheit besitzen, in der sie Dinge anhäufen, und eine Zukunft, in der sie noch mehr anhäufen werden. Doch da wir gerade vom gegenwärtigen Augenblick reden – hast du schon häufig masturbiert?«

Obwohl das Beruhigungsmittel immer noch wirkte, erinnerte sich Veronika an den ersten Satz, den sie in Villete gehört hatte.

»Als ich in Villete eingeliefert wurde und noch an Beatmungsschläuche angeschlossen war, habe ich deutlich jemanden fragen gehört, ob ich masturbiert werden wolle. Was sollte das? Warum denkt ihr hier an so etwas?«

»Hier drinnen und dort draußen. Nur, in unserem Fall müssen wir es nicht verbergen.«

»Hast etwa du mich danach gefragt?«

»Nein. Aber ich finde, du solltest herausfinden, bis wohin deine Lust gehen kann. Nächstes Mal wirst du mit etwas Geduld deinen Partner dahin bringen, anstatt zu warten, daß er dich dahin bringt. Auch wenn du nur noch zwei Tage zu leben hast, finde ich, daß du diese Welt nicht verlassen solltest, ohne deine Lust ganz ausgelebt zu haben.«

»Dafür kommt nur ein Schizophrener in Frage, der jetzt darauf wartet, mich Klavierspielen zu hören.«

»Jedenfalls sieht er gut aus.«

Der Mann im Anzug bat um Stille und unterbrach so das Gespräch. Er wies sie an, sich auf die Rose zu konzentrieren, ihren Verstand leer werden zu lassen.

»Die Gedanken werden zurückkommen, doch versucht dies zu verhindern. Ihr habt zwei Alternativen: Euren Verstand zu beherrschen oder von ihm beherrscht zu werden. Die zweite Alternative habt ihr bereits gelebt, habt euch von Ängsten, Neurosen, Unsicherheit mitreißen lassen, denn der Mensch hat diese Tendenz zur Selbstzerstörung.

Verwechselt Verrücktheit nicht mit dem Verlust der Kontrolle. Vergeßt nicht, in der Sufi-Tradition wird der oberste Meister, Nasrudin, von allen ›der Verrückte‹ genannt. Und gerade weil man ihn in seiner Stadt für geisteskrank hält, kann Nasrudin alles sagen, was er denkt, und tun, wonach ihm ist. So war es früher, im Mittelalter, mit den Hofnarren. Sie konnten den König auf alle Gefahren hinweisen, die ihm die Minister aus Angst, ihre Stellung zu verlieren, nicht zu sagen wagten.

So müßt auch ihr sein: Bleibt verrückt, doch verhaltet euch so wie normale Menschen. Geht das Risiko ein, anders zu sein, doch lernt dies zu tun, ohne die Aufmerksamkeit auf euch zu lenken. Konzentriert euch auf diese Blume und laßt zu, daß euer wahres Ich sich manifestiert.«

»Was ist das wahre Ich?« unterbrach ihn Veronika. Vielleicht wußten die anderen es ja alle, doch das war gleichgültig. Sie sollte sich weniger darum kümmern, ob sie die anderen störte.

Der Mann schien über die Unterbrechung überrascht zu sein, doch er antwortete:

»Das ist das, was du bist, und nicht das, was die anderen aus dir gemacht haben.«

Veronika beschloß, die Übung zu machen, und konzentrierte sich ganz darauf herauszufinden, wer sie war. Während dieser Tage in Villete hatte sie Dinge gefühlt, die sie vorher noch nie so intensiv erlebt hatte – Haß, Liebe, den

Wunsch zu leben, Angst, Neugier. Vielleicht hatte Mari ja recht. Kannte sie den Orgasmus wirklich? Oder war sie immer nur dahin gelangt, wohin die Männer sie bringen wollten?

Der Mann im Anzug begann die Flöte zu spielen. Ganz allmählich beruhigte die Musik ihre Seele, und es gelang ihr, sich auf die Rose zu konzentrieren. Es mochte die Wirkung des Beruhigungsmittels sein, doch Tatsache war, daß sie sich, seit sie das Sprechzimmer von Dr. Igor verlassen hatte, sehr wohl fühlte.

Sie wußte, daß sie bald sterben würde. Doch warum sollte sie sich fürchten? Das würde nicht weiterhelfen und auch nicht den tödlichen Herzanfall verhindern können. Das beste war, diese Tage oder Stunden, die ihr noch blieben, zu nutzen und zu tun, was sie zuvor noch nie getan hatte.

Die Musik war sanft, und das gedämpfte Licht im Speisesaal schuf eine beinahe religiöse Atmosphäre. Religion: Warum versuchte sie nicht, ganz in sich einzutauchen und zu sehen, was von ihrem Glauben noch übrig war?

Weil die Musik sie auf eine andere Seite führte: den Kopf leer werden lassen, nicht mehr über alles nachdenken und nur SEIN: Veronika gab sich ganz hin, betrachtete die Rose, sah, wer sie war, es gefiel ihr, und sie bedauerte, so überstürzt gehandelt zu haben.

Als die Meditation vorüber und der Sufi-Meister gegangen war, blieb Mari noch eine Weile im Speisesaal und unterhielt sich mit den anderen Mitgliedern der Bruderschaft. Veronika hatte über Müdigkeit geklagt und sich zurückgezogen. Das Beruhigungsmittel, das sie morgens genommen hatte, war schließlich stark genug gewesen, um einen Stier einzuschläfern, und trotzdem hatte sie so viel Kraft gehabt, so lange wach zu bleiben.

»So ist nun mal die Jugend, sie stellt ihre eigenen Grenzen auf und fragt nicht danach, ob der Körper das mitmacht. Und der Körper macht immer mit.«

Mari war nicht müde: Sie hatte lange geschlafen und dann einen Spaziergang in Ljubljana gemacht. Dr. Igor verlangte von den Mitgliedern der Bruderschaft, daß sie einmal am Tag Villete verließen. Sie war ins Kino gegangen und war über einem todlangweiligen Film über eine verkrachte Ehe in ihrem Sessel eingeschlafen. Gab es denn wirklich kein anderes Thema? Warum mußten bloß immer die gleichen Geschichten erzählt werden – Ehemann mit Geliebter, Ehemann mit Frau und krankem Kind, Ehemann, Geliebte und krankes Kind? Es gab doch wichtigere Dinge auf der Welt zu erzählen.

Die Unterhaltung im Speisesaal dauerte nicht lange. Die Meditation hatte die Gruppe entspannt, und alle beschlossen, in die Schlafsäle zu gehen. Nur Mari wollte auf einen

Spaziergang hinaus in den Garten. Auf dem Weg kam sie am Aufenthaltsraum vorbei und sah, daß das Mädchen doch nicht schlafen gegangen war: Es spielte für Eduard, den Schizophrenen, der wahrscheinlich die ganze Zeit neben dem Klavier gewartet hatte. Die Verrückten ließen wie die Kinder erst dann locker, wenn sie ihren Wunsch erfüllt sahen.

Die Luft war eiskalt. Mari ging wieder hinein, holte sich etwas Warmes zum Überziehen und trat dann wieder hinaus. Draußen, fern von den Augen der anderen, steckte sie sich eine Zigarette an. Sie rauchte ruhig und ohne Schuldgefühl, während sie über das Mädchen, über die Klaviermusik, die sie hörte, und das Leben außerhalb der Mauern von Villete nachdachte, das sich für alle immer schwieriger gestaltete.

Mari fand, daß diese Schwierigkeit nicht am Chaos oder an fehlender Organisation oder Anarchie lag, sondern an dem Zuviel an Ordnung. Die Gesellschaft hatte immer mehr Regeln und Gesetze, die den Regeln widersprachen, und neue Regeln, um Gesetzen zu widersprechen. Das verschreckte die Menschen, und sie taten keinen Schritt mehr außerhalb der unsichtbaren Regeln, die das Leben aller lenkten.

Mari verstand etwas davon. Sie hatte vierzig Jahre ihres Lebens als Anwältin gearbeitet, bis ihre Krankheit sie nach Villete gebracht hatte. Gleich zu Anfang ihrer Karriere hatte sie schnell ihre naive Sicht von Recht und Gerechtigkeit begriffen, daß die Gesetze nicht geschaffen worden waren, um Probleme zu lösen, sondern um jeden Streit endlos in die Länge zu ziehen.

Schade, daß Allah, Jehova, Gott – egal, welchen Namen

man ihm auch gab, nicht in der heutigen Welt lebte. Denn wäre das so, dann wären wir noch immer im Paradies und Er noch immer damit beschäftigt, Berufung einzulegen, Rechtshilfeersuchen, gerichtliche Unterlassungsbefehle und vorläufige Maßnahmen zu formulieren und in unzähligen Verhandlungen seine Absicht darzulegen, Adam und Eva aus dem Paradies zu vertreiben, nur weil sie ein willkürliches Gesetz ohne juristisches Fundament übertreten hatten, das nämlich, nicht vom Baum der Erkenntnis zu essen.

Wenn Er nicht wollte, daß dies geschah, warum hatte Er dann diesen Baum mitten in den Garten gepflanzt und nicht außerhalb der Mauern des Paradieses? Als Verteidigerin des Paares hätte Mari Gott bestimmt wegen verwaltungstechnischer Auslassung verklagt, weil er den Baum an den falschen Ort gepflanzt, ihn nicht mit Schildern versehen und eingezäunt und überhaupt nichts für die Sicherheit getan hatte, wodurch alle gefährdet wurden.

Mari könnte ihn auch wegen Anstiftung zum Verbrechen anklagen: Er hatte sogar Adams und Evas Aufmerksamkeit auf den Ort gelenkt, an dem der Baum stand. Hätte er nichts gesagt, würden Generationen um Generationen über die Erde gehen, ohne daß sich jemand für die verbotene Frucht interessiert hätte, denn wahrscheinlich stand der Baum in einem Hain unter vielen gleichen Bäumen und war somit nichts Besonderes.

Doch Gott hatte das nicht getan. Im Gegenteil, er schrieb das Gesetz und brachte es fertig, jemanden davon zu überzeugen, es zu übertreten, nur damit er die Strafe erfinden konnte. Er wußte, daß Adam und Eva am Ende von so viel Vollkommenheit gelangweilt sein und früher oder später

Seine Geduld auf die Probe stellen würden. Er legte sich auf die Lauer, denn vielleicht war auch er, der Allmächtige Gott, gelangweilt davon, daß alles perfekt funktionierte. Hätte Eva nicht vom Apfel gegessen, was wäre dann in diesen Milliarden Jahren geschehen?

Nichts.

Nachdem das Gesetz übertreten worden war, hat Gott, der allmächtige Richter, noch eine Verfolgung inszeniert, als kenne er nicht alle nur möglichen Verstecke. Während die Engel zusahen und sich über den Spaß amüsierten (ihr Leben mußte ebenfalls schrecklich langweilig sein, seit Luzifer den Himmel verlassen hatte), ging Er los. Mari stellte sich diese Stelle in der Bibel wie einen guten Thriller vor: Gottes Schritte, die erschreckten Blicke, die das Paar wechselte, die Füße, die plötzlich vor dem Versteck innehielten.

»Wo bist du?« hatte Gott gefragt.

»Ich habe Deinen Schritt im Garten gehört und hatte Angst und versteckte mich, weil ich nackt bin«, hatte Adam geantwortet, ohne zu wissen, daß er mit dieser Aussage seine Tat gestanden hatte.

Schluß. Mit einem einfachen Trick, indem er so tat, als wisse er nicht, wo Adam war und warum er sich auf der Flucht befand, hatte Gott bekommen, was er wollte. Doch damit im Publikum der Engel auch nicht der geringste Zweifel blieb, ließ er nicht locker.

»Woher weißt du, daß du nackt bist?« hatte Gott gesagt, weil er wußte, daß es auch auf diese Frage nur eine mögliche Antwort gab: »Weil ich vom Baum gegessen habe, der mir erlaubt, dies zu begreifen.«

Mit dieser Frage zeigte Gott den Engeln, daß er ein gerechter Gott war und das Paar aufgrund stichhaltiger Beweise verdammte. Von nun an war es nicht mehr wichtig zu wissen, ob die Schuld bei der Frau lag oder daran, daß sie um Vergebung baten. Gott mußte ein Exempel statuieren, damit kein anderes Wesen – sei es himmlisch oder irdisch – es wagte, Seinen Beschlüssen zuwiderzuhandeln.

Gott vertrieb das Paar, seine Kinder haben am Ende auch für das Verbrechen bezahlt (so wie es heute noch mit den Kindern von Straffälligen geschieht), und das Rechtssystem wurde erfunden: Gesetz, Gesetzesübertretung (auch wenn das Gesetz völlig unlogisch und absurd war), Verfahren (bei dem der Erfahrenere den Unwissenderen besiegte) und Strafe.

Da die ganze Menschheit ohne Recht auf Berufung verurteilt wurde, beschlossen die Menschen für den Fall, daß Gott erneut seine Willkür walten ließ, Verteidigungsmechanismen zu schaffen. Doch im Laufe der Jahrtausende haben die Menschen so viele Rechtsmittel erfunden, daß sie die Dosis übertrieben. Jetzt war das Rechtswesen nur noch ein Durcheinander von Klauseln, von Jurisprudenz, widersprüchlichen Texten, die niemand mehr recht verstand.

Und zwar so wenig, daß, als es Gott sich anders überlegte und Seinen Sohn auf die Welt schickte, um die Welt zu retten, dieser in die Maschen des Gesetzes geriet, das Er erfunden hatte.

Das Durcheinander von Gesetzen führte dann dazu, daß der Sohn am Kreuz endete. Es war kein einfacher Prozeß: von Anás zu Caifas, von den Priestern zu Pilatus, der behauptete, im Codex Romanum nicht genügend Gesetze zu haben. Von Pilatus zu Herodes, der seinerseits behauptete, daß das jüdische Gesetz das Todesurteil nicht erlaubte. Von Herodes wieder zu Pilatus zurück, der noch einen Ausweg suchte, indem er dem Volk einen gerichtlichen Vergleich anbot: Er ließ Christus peitschen und zeigte seine Wunden, doch es funktionierte nicht.

Genau wie ein Staatsanwalt heute beschloß Pilatus, sich auf Kosten des Verurteilten zu profilieren: Er bot an, Jesus gegen Barabbas einzutauschen, weil er wußte, daß die Justiz jetzt zu einem großen Spektakel geworden war, das als Krönung den Tod des Angeklagten brauchte.

Schließlich benutzte Pilatus den Artikel, der den Zweifel nicht zugunsten des Angeklagten anwandte, sondern zugunsten des Richters. Er selbst blieb neutral, was »weder ja noch nein« hieß. Das war ein weiterer Kunstgriff, um das römische Rechtssystem zu wahren, ohne die guten Beziehungen zu den lokalen Richtern aufs Spiel zu setzen, indem das Volk das Urteil fällte. Damit war er fein raus, falls das Urteil zu Problemen führte und irgendeinen Inspektor aus der Hauptstadt des Reiches auf den Plan rief.

Gerechtigkeit. Gesetz. Es brauchte beide, um die Unschuldigen zu schützen, aber beide konnten es nicht immer allen recht machen. Mari war froh, fern von all diesem Durcheinander zu sein, wenn auch heute abend bei den Klavierklängen nicht mehr allzu sicher, ob Villete der richtige Ort für sie war.

›Wenn ich beschließe, diesen Ort zu verlassen, werde ich nie wieder Anwältin sein, nie mehr mit diesen Verrückten zusammenarbeiten, die sich für normal und wichtig halten, deren einzige Funktion aber darin besteht, den anderen das

Leben schwerzumachen. Ich werde Schneiderin, Stickerin oder verkaufe Obst vor dem Stadttheater. Ich habe meinen Teil unnützer Verrücktheit bereits erfüllt.‹

In Villete war Rauchen erlaubt, es war aber verboten, Kippen auf den Rasen zu werfen. Lustvoll übertrat Mari das Verbot, denn hier zu sein hatte den Vorteil, daß man die Regeln ungestraft übertreten konnte.

Sie ging zum Eingang. Der Wärter – es gab dort immer einen Wärter, das war schließlich das Gesetz – grüßte sie mit einem Kopfnicken und öffnete die Tür.

»Ich komme nicht hinein«, sagte sie.

»Schöne Musik«, sagte der Wärter. »Ich lausche ihr fast jede Nacht.«

»Aber es wird bald aufhören«, sagte sie und entfernte sich rasch, um keine Erklärungen abgeben zu müssen.

Sie erinnerte sich an das, was sie in den Augen des Mädchens gelesen hatte, als sie in den Speisesaal trat: Angst.

Angst. Veronika mochte Unsicherheit, Schüchternheit, Scham, Peinlichkeit empfinden, doch warum Angst? Dieses Gefühl ist nur angesichts einer konkreten Bedrohung wie vor wilden Tieren, bewaffneten Menschen, Erdbeben gerechtfertigt, niemals jedoch vor einer in einem Speisesaal versammelten Gruppe.

›Doch Menschen sind nun einmal so‹, tröstete sie sich. ›Wir haben den größten Teil unserer Gefühle durch Angst ersetzt.‹

Und Mari wußte sehr wohl, wovon sie sprach, denn das war der Grund für ihre Einlieferung in Villete gewesen: Panikattacken.

Mari hatte in ihrem Zimmer eine wahre Sammlung von Artikeln über diese Krankheit. Heutzutage sprach man schon offen über das Thema, und kürzlich hatte sie eine Sendung im deutschen Fernsehen gesehen, in der Leute von ihren Erfahrungen damit erzählten. In derselben Sendung hatte eine Untersuchung aufgedeckt, daß ein beträchtlicher Teil der Menschen unter Panikattacken leidet, wenn auch fast alle Betroffenen die Symptome zu verheimlichen versuchen, weil sie fürchten, als verrückt angesehen zu werden.

Doch damals, als Mari ihre erste Attacke hatte, war das nicht bekannt. ›Es war die Hölle. Die wahre Hölle‹, dachte sie und zündete sich noch eine Zigarette an.

Das Klavier spielte weiter. Es sah so aus, als könnte das Mädchen die ganze Nacht weiterspielen.

Die Ankunft der jungen Frau im Sanatorium hatte viele der Insassen berührt. Und Mari war eine davon. Anfangs hatte sie versucht, sie zu meiden, weil sie fürchtete, Veronikas Lebenswillen wiederzuerwecken. Es war besser, sie wünschte sich weiterhin zu sterben, weil sie nicht mehr fliehen konnte. Dr. Igor hatte das Gerücht in die Welt gesetzt, daß es der jungen Frau, obwohl er ihr täglich Spritzen gab, zusehends schlechter ging und er sie auf gar keinen Fall retten könne.

Die Insassen hatten die Botschaft verstanden und gingen der Todgeweihten aus dem Weg. Doch dann hatte Veronika unerwartet um ihr Leben zu kämpfen begonnen, obwohl sich ihr nur zwei Personen genähert hatten: Zedka, die morgen gehen würde und nicht viel redete. Und Eduard.

Mari mußte mit Eduard sprechen. Er hörte ihr immer

respektvoll zu. Wußte der Junge denn nicht, was er dadurch anrichtete, indem er sie in die Welt zurückholte? Und daß dies das Schlimmste war, was man mit einem Menschen tun konnte, für den es keine Hoffnung auf Rettung gab?

Sie wog tausend Möglichkeiten ab, wie sie die Angelegenheit erklären könnte. Alle würden ihm jedoch Schuldgefühle machen, und das wollte sie nicht. Mari überlegte eine Zeitlang und beschloß dann, den Dingen ihren Lauf zu lassen. Sie arbeitete nicht mehr als Anwältin und wollte nicht an einem Ort, wo Anarchie herrschen sollte, neue Verhaltensmaßregeln einführen.

Die Anwesenheit des Mädchens hatte viele Leute betroffen gemacht, und einige fingen schon an, ihr Leben zu überdenken. Bei einem der Treffen der ›Bruderschaft‹ hatte jemand versucht zu erklären, was da geschah: Die Todesfälle in Villete traten normalerweise plötzlich ein, ohne daß man Zeit hatte, vorher darüber nachzudenken, oder am Ende einer langen Krankheit, wenn der Tod immer ein Segen ist.

Im Falle jener jungen Frau jedoch war es dramatischer, denn sie war jung und begann, wieder leben zu wollen, und alle wußten, daß das unmöglich war. Einige fragten sich: ›Und wenn das nun mir passieren würde? Ich *kann* leben, aber nutze ich diese Chance überhaupt?‹

Einige quälten sich nicht mit dieser Frage, sie hatten schon lange aufgegeben und gehörten in eine Welt, in der es weder das Leben noch den Tod gab, noch Zeit und Raum. Andere hingegen waren gezwungen, darüber nachzudenken. Und Mari war eine von ihnen.

Veronika hörte einen Augenblick lang auf zu spielen und sah Mari dort draußen stehen, die nur mit einer leichten Jacke bekleidet der nächtlichen Kälte trotzte. Wollte sie sterben?

›Nein. Ich war diejenige, die sterben wollte.‹

Sie wandte sich wieder dem Klavier zu. In ihren letzten Lebenstagen machte sie ihren Traum wahr: dann mit Herz und Seele spielen, wann sie es wollte und so lange sie wollte. Es war unwichtig, daß ihr Publikum nur aus einem schizophrenen Jungen bestand. Er schien die Musik zu verstehen. Und das zählte.

Mari hatte sich nie das Leben nehmen wollen. Ganz im Gegenteil, vor fünf Jahren hatte sie in dem Kino, in dem sie heute gewesen war, voller Entsetzen einen Film über das Elend in El Salvador gesehen und gedacht, wie wichtig es ihr war, zu leben. Damals waren ihre Kinder bereits erwachsen und beruflich selbständig gewesen, und sie hatte beschlossen, den mühsamen, öden Anwaltsberuf an den Nagel zu hängen und den Rest ihrer Tage einer humanitären Organisation zu widmen. Das Gerücht, daß es einen Bürgerkrieg im Land geben würde, wurde immer lauter, doch Mari glaubte nicht daran. Es war unmöglich, daß die Europäische Gemeinschaft am Ende des Jahrhunderts einen Krieg vor ihren Toren zulassen würde.

Am anderen Ende der Welt war allerdings die Auswahl an Tragödien groß. Und eine davon war El Salvador mit den hungernden Kindern, die auf der Straße leben mußten und sich nur mit Prostitution durchbringen konnten.

»Grauenhaft«, hatte sie zu ihrem Mann gesagt, der neben ihr saß.

Er nickte.

Mari hatte den Entschluß schon eine geraume Weile vor sich her geschoben. Vielleicht war jetzt der Augenblick gekommen, mit ihm zu reden. Sie hatten alles im Leben erreicht, was man sich wünschen konnte: ein Haus, Arbeit, gutgeratene Kinder, einen bescheidenen Wohlstand, und sie konnten ihren Hobbies und kulturellen Interessen nachgehen. Warum sollte sie nicht jetzt etwas für den Nächsten tun? Mari hatte Kontakte zum Roten Kreuz, wußte, daß überall auf der Welt dringend Freiwillige gesucht wurden.

Sie hatte die Bürokratie und die Prozesse satt, mit denen sie den Leuten letztlich doch nicht weiterzuhelfen vermochte, die in Probleme hineingezogen wurden, für die sie nichts konnten. Für das Rote Kreuz zu arbeiten bedeutete hingegen, sofort sichtbare Ergebnisse zu bewirken.

Sie beschloß, ihren Mann nach dem Kino in ein Café einzuladen und dieses Vorhaben mit ihm zu besprechen.

Auf der Leinwand gab ein gelangweilter Regierungsbeamter El Salvadors eine lahme Entschuldigung für eine neuerliche Ungerechtigkeit ab, und plötzlich fühlte Mari, wie ihr Herz schneller schlug. Sie sagte sich, daß das nichts weiter sei. Vielleicht lag es an der verbrauchten Luft im Kino, die ihr das Gefühl gab zu ersticken. Wenn es so weiterging, wollte sie hinaus ins Foyer gehen und durchatmen.

Doch dann überstürzten sich die Ereignisse: Das Herz schlug immer schneller, ihr brach kalter Schweiß aus.

Sie erschrak, versuchte sich auf den Film zu konzentrieren, um ihrer Angst Herr zu werden. Doch sie konnte dem Geschehen auf der Leinwand schon nicht mehr folgen. Während Mari in eine vollkommen andere Realität übergetreten war, wo all dies fremd, vollkommen deplaziert war, einer Welt angehörte, in der sie nie zuvor gewesen war, liefen die Bilder immer weiter.

»Mir ist schlecht«, sagte sie zu ihrem Mann.

Sie hatte dieses Eingeständnis, daß etwas mit ihr nicht in Ordnung war, solange hinausgeschoben wie möglich.

»Laß uns hinausgehen«, schlug er vor.

Als er die Hand seiner Frau ergriff, um ihr beim Aufstehen behilflich zu sein, bemerkte er, daß sie eiskalt war.

»Ich werde es nicht mehr bis nach draußen schaffen. Sag mir bitte, was los ist.«

Der Ehemann erschrak. Maris Gesicht war schweißbedeckt, ihre Augen hatten einen merkwürdigen Glanz.

»Sei ganz ruhig. Ich werde hinausgehen und einen Arzt holen.«

Sie war verzweifelt. Die Worte machten einen Sinn, doch alles andere – das Kino, das Halbdunkel, die Leute, die nebeneinander saßen und auf die helle Leinwand blickten – dies alles erschien ihr bedrohlich. Sie war sich sicher, noch am Leben zu sein, sie konnte sogar das Leben um sie herum berühren wie eine feste Masse. So etwas hatte sie noch nie erlebt.

»Laß mich hier ja nicht allein. Ich werde aufstehen und mit dir hinausgehen. Geh langsam.«

Die beiden entschuldigten sich bei den Zuschauern, die in derselben Reihe saßen, und gingen zum hinteren Teil des Saals, wo sich der Ausgang befand. Maris Herz klopfte jetzt rasend, und sie war sich sicher, absolut sicher, daß sie niemals aus diesem Raum herauskommen würde. Alles, was sie tat, jede Geste, ein Fuß vor den anderen setzen, um Verzeihung bitten, sich an den Arm ihres Mannes klammern, einatmen, ausatmen, mußte sie plötzlich bewußt und überlegt angehen, und das hatte etwas Bedrohliches.

Sie hatte in ihrem ganzen Leben noch nie solche Angst gehabt.

›Ich werde in einem Kino sterben.‹

Und sie glaubte zu begreifen, was mit ihr geschah, denn

eine ihrer Freundinnen war vor vielen Jahren an einer Gehirnblutung gestorben, und zwar auch im Kino.

Aneurysmen im Gehirn sind wie Zeitbomben. In den Blutgefässen bilden sich kleine Krampfadern – wie Blasen in gebrauchten Reifen –, und eine Person kann sie ihr ganzes Leben lang haben, ohne daß etwas passiert. Niemand weiß, daß er ein Aneurysma hat, bis es zufällig entdeckt wird, beispielsweise, wenn das Gehirn geröntgt wird, oder wenn das Aneurysma explodiert, alles mit Blut überschwemmt, der Mensch sofort ins Koma fällt und im allgemeinen kurz darauf stirbt.

Während sie durch den schmalen Gang des Saals ging, erinnerte sich Mari an die Freundin, die sie verloren hatte. Das Seltsamste war jedoch, wie die Explosion des Aneurysmas ihre Wahrnehmung beeinflußte: Ihr war so, als wäre sie auf einem fremden Planeten gelandet und sähe alle Dinge zum ersten Mal.

Und die bedrohliche, unerklärliche Angst, die Panik, ganz allein auf diesem Planeten zu sein. Der Tod.

›Ich kann nicht denken. Ich muß so tun, als wäre alles in Ordnung, und alles wird wieder gut.‹

Sie versuchte, ganz selbstverständlich zu handeln, und einige Sekunden lang nahm das Gefühl der Fremdheit ab. Die zwei Minuten allerdings, die von den ersten Anzeichen von Herzrasen bis zu dem Augenblick vergangen waren, als sie die Tür erreichte, waren die schlimmsten in ihrem ganzen Leben.

Als sie das erleuchtete Foyer erreichten, begann jedoch alles aufs neue. Die Farben waren grell, der Straßenlärm schien von überall her auf sie einzudröhnen, und alle Dinge wirkten vollkommen irreal. Sie bemerkte Einzelheiten, die sie nie zuvor bemerkt hatte: daß wir nur in einem kleinen Bereich scharf sehen, nämlich dort, wo wir konzentriert hinschauen, während der Rest unscharf bleibt.

Und noch mehr: Sie wußte, daß alles, was sie um sich herum wahrnahm, nichts als von elektrischen Impulsen in ihrem Gehirn geschaffene Bilder waren, wobei Lichtimpulse genutzt wurden, die durch einen gallertartigen Körper namens ›Auge‹ gingen.

Nein. Nein, sie durfte nicht darüber nachdenken. Davon würde sie verrückt werden.

Zu diesem Zeitpunkt war die Angst wegen des Aneurysmas längst verflogen. Sie war aus dem Zuschauerraum herausgekommen und lebte immer noch, während ihre Freundin nicht einmal die Zeit gehabt hatte, von ihrem Sitz aufzustehen.

»Ich werde einen Krankenwagen rufen«, sagte ihr Mann, als er das blasse Gesicht und die bleichen Lippen seiner Frau sah.

»Ruf lieber ein Taxi«, bat sie und fühlte die Töne aus ihrem Mund kommen, spürte die Vibration der Stimmbänder.

Ins Krankenhaus fahren bedeutete einzugestehen, daß es ihr wirklich sehr schlecht ging: Mari war entschlossen, bis zur letzten Minute zu kämpfen, bis alles wieder wie vorher war.

Sie verließen das Foyer, und die schneidende Kälte schien ihr gutzutun: Mari bekam sich etwas in den Griff, obwohl die Panik, der unerklärliche Schrecken fortbestanden. Während ihr Mann versuchte, ein Taxi aufzutreiben, setzte Mari sich auf den Bordstein und versuchte nicht auf das zu schauen, was um sie herum los war: spielende Kinder, ein vorbeifahrender Bus, ein naher Vergnügungspark, all dies kam ihr absolut surrealistisch, erschreckend und fremd vor.

Endlich kam ein Taxi.

»Ins Krankenhaus«, sagte der Mann, während er seiner Frau beim Einsteigen half.

»Nach Hause, um Gottes willen!« bat sie. Sie wollte keine fremden Orte mehr, sie brauchte verzweifelt die vertrauten, immer gleichen Dinge, die imstande waren, ihre Angst aufzufangen.

Während der Fahrt nahm das Herzrasen ab, und ihre Körpertemperatur wurde wieder normal.

»Es geht mir schon besser«, sagte sie zu ihrem Mann. »Wahrscheinlich ist mir etwas auf den Magen geschlagen.«

Als sie zu Hause ankamen, war die Welt wieder die alte, die, die sie von Kindheit an kannte. Als sie ihren Mann zum Telefon gehen sah, fragte sie, was er tun wolle.

»Einen Arzt rufen.«

»Das ist nicht nötig. Schau mich an, es geht mir wieder gut.«

Farbe war in ihr Gesicht zurückgekehrt, das Herz schlug normal, und die unkontrollierbare Angst war verschwunden.

Mari schlief in dieser Nacht sehr tief und wachte mit der Gewißheit wieder auf, daß jemand ihr eine Droge in den Kaffee getan haben mußte, den sie vor dem Kino getrunken hatte. Da hatte sich jemand einen gefährlichen Jux erlaubt, und am Spätnachmittag war sie wild entschlossen, einen Staatsanwalt anzurufen und mit ihm in die Bar zu gehen, um den Schuldigen zu finden.

Sie ging zur Arbeit, bearbeitete einige rechtshängige Prozesse, versuchte sich mit den unterschiedlichsten Angelegenheiten zu beschäftigen. Das Erlebnis vom Vortag steckte ihr noch in den Knochen, und sie mußte sich selbst beweisen, daß es sich nicht wiederholen würde.

Sie diskutierte mit einem ihrer Partner über den Film über El Salvador und erwähnte nebenbei, daß sie das tägliche Einerlei leid sei.

»Vielleicht ist der Zeitpunkt gekommen, in Rente zu gehen.«

»Sie sind eine unserer Besten«, sagte der Partner, »und der Anwaltsberuf ist einer der wenigen, in dem das Alter sich positiv auswirkt. Warum nehmen Sie nicht einen längeren Urlaub? Ich bin sicher, Sie kommen gestärkt und mit neuem Elan zurück.«

»Ich möchte meinem Leben eine andere Wendung geben. Ein Abenteuer erleben, anderen helfen, etwas tun, was ich noch nie getan habe.«

Die Unterhaltung endete hier. Sie ging hinunter auf den Platz in ein Restaurant, das teurer war als das, in dem sie gewöhnlich zu Mittag aß. Und kam früher wieder ins Büro zurück. Damit begann ihr Rückzug.

Die anderen Mitarbeiter waren noch nicht zurückgekommen, und Mari nutzte die Zeit, um die Akten zu bearbeiten, die auf ihrem Tisch lagen. Sie öffnete die Schublade, um einen Kugelschreiber herauszuholen, den sie immer an denselben Platz legte, fand ihn aber nicht. Der Gedanke durchfuhr sie, daß der verlegte Kugelschreiber möglicherweise ein Indiz dafür war, daß sie nicht mehr normal sei.

Und schon begann ihr Herz wieder zu jagen, und der Schrecken des vorangegangenen Abends kehrte wieder mit aller Kraft zurück.

Mari war wie gelähmt. Die Sonne schien durch die Fensterläden und gab allem eine andere, lebendigere, grellere Farbe, sie aber hatte das Gefühl, in der nächsten Minute zu sterben. Alles hier war vollkommen fremd. Was machte sie überhaupt in diesem Büro?

›Mein Gott, ich glaube nicht an Dich, aber hilf mir!‹

Ihr brach wieder der kalte Schweiß aus, und sie merkte, daß sie ihre Angst nicht in den Griff bekam. Wenn jemand in diesem Augenblick hereingekommen wäre, hätte er ihren erschreckten Blick bemerkt, und das wäre das Ende gewesen.

›Kühle Luft.‹

Die kühle Luft hatte ihr gestern gutgetan. Doch wie sollte sie auf die Straße gelangen? Wieder spürte sie genau, was mit ihr geschah: Sie spürte den Rhythmus ihres Atems (es gab Augenblicke, da fühlte sie, daß, wenn sie nicht bewußt ein- und ausatmete, ihr Körper außerstande war, dies von allein zu tun), die Bewegung des Kopfes (die Bilder wechselten ihren Platz, als würde sich eine Fernsehkamera drehen), das Herz, das immer schneller schlug, den in eiskalten, klebrigen Schweiß gebadeten Körper.

Und die Angst. Die unerklärliche, immense Angst davor, etwas zu tun, einen Schritt zu machen, den Raum zu verlassen.

›Es geht wieder vorbei.‹

Es war gestern auch vorbeigegangen. Doch jetzt war sie an ihrem Arbeitsplatz. Was sollte sie tun? Sie sah auf die Uhr, die ihr ebenfalls wie ein absurder Mechanismus vorkam mit ihren zwei Zeigern, die um dieselbe Achse kreisten und aus unerfindlichen Gründen die Zeit in Zwölfereinheiten maßen statt in Zehner- wie alle anderen Maße.

›Ich darf über diese Dinge nicht nachdenken. Sie machen mich verrückt.‹

Verrückt. Genau, vielleicht wurde sie ja verrückt. Mari nahm all ihre Kraft zusammen, erhob sich und ging ins Bad. Zum Glück war das Büro noch immer leer, und es gelang ihr, in einer Minute dorthin zu kommen – in einer Minute, die ihr wie eine Ewigkeit vorkam. Sie wusch ihr Gesicht, und das Gefühl des Fremdseins nahm ab, doch die Angst blieb.

›Sie vergeht wieder‹, sagte sie sich, ›wie gestern auch.‹

Gestern hatte es etwa eine halbe Stunde gedauert, erinnerte sie sich. Sie schloß sich in einer der Toiletten ein, setzte sich auf die Klobrille und legte den Kopf auf die Knie. Doch so hörte sie ihr Herz nur noch lauter pochen, und Mari richtete sich sofort wieder auf.

›Es wird vergehen.‹

Sie blieb sitzen im Gefühl, sich selbst nicht mehr zu kennen, endgültig verloren zu sein. Sie hörte Schritte von Leuten, die den Waschraum betraten und wieder verließen, hörte, wie Wasserhähne auf- und zugedreht wurden, nutzlose Gespräche über banale Dinge. Mehrmals versuchte jemand, die Toilette, in der sie war, zu öffnen, und dann murmelte sie etwas, und die betreffende Person ging wieder. Die

Wasserspülung rauschte wie eine Naturgewalt, imstande, das ganze Gebäude wegzuspülen und alle Menschen mit sich in die Hölle zu reißen.

Doch wie vorausgesehen legte sich die Angst, und ihr Herz schlug wieder normal. Wie gut, daß ihre Sekretärin so inkompetent war und ihre Abwesenheit nicht bemerkte, denn sonst wäre längst das gesamte Büro im Waschraum aufmarschiert.

Als sie sich wieder im Griff hatte, öffnete Mari die Tür, wusch sich noch einmal ausgiebig das Gesicht und ging in ihr Büro zurück.

»Sie sind ja ganz ungeschminkt«, sagte eine Praktikantin. »Soll ich Ihnen mein Make-up leihen?«

Mari machte sich nicht die Mühe zu antworten. Sie trat ins Büro, nahm ihre Handtasche, ihre persönlichen Dinge und sagte der Sekretärin, sie werde den Rest des Tages zu Hause verbringen.

»Sie haben aber zwei Termine«, wandte die Sekretärin ein.

»Wer hier Anweisungen gibt, bin ich, nicht Sie. Und meine Anweisung lautet: Sagen Sie die Termine ab!«

Die Sekretärin sah der Frau nach, mit der sie seit fast drei Jahren zusammenarbeitete und die sie noch nie so heruntergeputzt hatte. Es mußte etwas Ernsthaftes mit ihr los sein: Vielleicht hatte ihr ja gerade jemand gesagt, daß sich ihr Mann zu Hause mit einer Geliebten vergnügte, und sie wollte sie in flagranti ertappen.

›Sie ist eine gute Anwältin, sie weiß sich zu helfen‹, sagte sich das Mädchen. ›Morgen wird sie sich sicher entschuldigen.‹

Es gab kein »morgen«. In jener Nacht sprach Mari lange mit ihrem Mann. Sie beschrieb ihm die Symptome. Sie kamen gemeinsam zum Schluß, daß das Herzrasen, der kalte Schweiß, das Gefühl von Fremdheit, die Ohnmacht, der Verlust der Kontrolle in einem Wort zusammengefaßt werden konnten: Angst.

Mann und Frau überlegten gemeinsam, was wohl passiert sein könnte. Er dachte an einen Gehirntumor, sprach es aber nicht aus. Sie hatte schlimme Vorahnungen, sprach sie aber ebenfalls nicht aus. Gemeinsam versuchten sie, sich wie vernünftige reife Menschen zu unterhalten.

»Vielleicht solltest du dich mal untersuchen lassen.«

Mari stimmte dem Vorschlag zu, unter der Bedingung, daß niemand, nicht einmal ihre Kinder, etwas davon erfuhren.

Am nächsten Tag bat sie um einen einmonatigen unbezahlten Urlaub, der ihr auch gewährt wurde. Der Mann erwog, mit ihr nach Österreich zu fahren, wo die großen Spezialisten für Gehirnkrankheiten praktizierten, doch sie weigerte sich, das Haus zu verlassen. Die Attacken kamen jetzt häufiger und dauerten länger.

Unter großen Mühen und mit Hilfe von Beruhigungsmitteln fuhren sie in ein Krankenhaus in Ljubljana, und Mari unterzog sich einer Reihe von Untersuchungen. Es wurde nichts Auffälliges gefunden, nicht einmal ein Aneurysma, so daß Mari dem Rest ihres Lebens getrost entgegensehen konnte.

Doch die Panikattacken kamen immer wieder. Während der Mann einkaufte und kochte, machte Mari den täglichen, notwendigen Hausputz, um sich abzulenken. Sie begann alle Bücher über Psychiatrie zu lesen, deren sie habhaft werden konnte, hörte aber schnell wieder damit auf, weil sie sich in jeder dort beschriebenen Krankheit wiederfand.

Das schlimmste war, daß sie sich zwar an die Attacken gewöhnte, diese aber weiterhin ein Gefühl tiefer Angst, von Fremdsein und Verlust der Selbstkontrolle in ihr auslösten. Hinzu kam, daß sie sich wegen ihres Mannes Vorwürfe zu machen begann, der nun neben seinem Beruf auch noch (bis aufs Putzen, das sie weiterhin übernahm) die Hausarbeit erledigen mußte.

Als die Zeit verging und keine Besserung eintrat, packte Mari eine ungeheure Wut, die sie an ihrer Familie abreagierte. Wegen nichts und wieder nichts verlor sie die Beherrschung, fing an zu schreien und dann hysterisch zu weinen.

Nach einem Monat erschien Maris Partner bei ihr zu Hause. Er hatte jeden Tag angerufen, doch sie war nicht ans Telefon gegangen oder hatte ihren Mann ausrichten lassen, sie sei beschäftigt. An jenem Nachmittag klingelte er einfach so lange an der Haustür, bis sie die Tür öffnete.

Mari hatte einen ruhigen Vormittag verlebt. Sie servierte Tee, sie unterhielten sich über das Büro, und er fragte sie, wann sie wieder zur Arbeit käme.

»Nie wieder.«

Er erinnerte sich an das Gespräch über El Salvador.

»Sie haben immer ihr Bestes gegeben und haben das Recht, selbst zu entscheiden, was Sie tun wollen«, sagte er ohne den geringsten Vorwurf in der Stimme. »Doch vergessen Sie nicht, daß in solchen Fällen die Arbeit die beste Therapie ist. Reisen Sie, lernen Sie die Welt kennen, tun Sie, was Ihnen sinnvoll erscheint, aber die Türen der Kanzlei stehen Ihnen immer offen, wir warten auf Sie.«

Als sie dies hörte, brach Mari in Tränen aus, wie es ihr jetzt oft passierte.

Der Partner wartete, bis sie sich beruhigt hatte. Als guter Anwalt stellte er keine Fragen. Er wußte, daß er so eher eine Antwort bekommen würde.

Und so war es auch. Mari erzählte ihm die Geschichte von dem Ereignis im Kino bis zu ihren jüngsten hysterischen Ausfällen gegen ihren Mann, der sie so sehr unterstützte.

»Ich bin verrückt«, sagte sie.

»Das ist möglich«, antwortete er milde wie jemand, dem man alles sagen kann. »Sie haben die Wahl: Entweder Sie lassen sich behandeln oder Sie bleiben weiter krank.«

»Für das, was ich fühle, gibt es keine Behandlung. Ich bin noch immer im Vollbesitz meiner geistigen Kräfte, aber ich mache mir Sorgen, weil das Ganze nun schon zu lange andauert. Die klassischen Symptome von Verrücktheit – wie Realitätsverlust, Desinteresse, unkontrollierte Aggressivität – habe ich allerdings nicht. Nur Angst.«

»Das sagen alle Verrückten: daß sie normal sind.«

Die beiden lachten, und sie kochte noch etwas Tee. Sie redeten über das Wetter, die Unabhängigkeit Sloweniens, die Spannungen, die es jetzt zwischen Kroatien und Jugoslawien gab. Mari sah den ganzen Tag lang fern und war über alles bestens informiert.

Bevor er sich verabschiedete, kam der Partner noch einmal auf das Problem zurück.

»Kürzlich wurde ein Sanatorium in der Stadt eröffnet.

Ausländisches Kapital und Behandlung auf erstklassigem Niveau.«

»Was wird dort behandelt?«

»Sagen wir mal, Störungen. Und übertriebene Angst ist eine Störung.«

Mari versprach, darüber nachzudenken, faßte aber noch keinen Entschluß. Es brauchte einen weiteren Monat voller Panikattacken, bis sie begriff, daß nicht nur ihr eigenes Leben, sondern auch ihre Ehe zusammenbrach. Sie bat erneut um Beruhigungsmittel und wagte, das Haus zu verlassen. Das zweite Mal innerhalb von sechzig Tagen.

Sie nahm ein Taxi und fuhr zum neuen Sanatorium. Auf dem Weg dorthin fragte der Fahrer sie, ob sie dort jemanden besuchen wolle.

»Angeblich ist es dort sehr angenehm, aber offenbar gibt es dort auch richtig Verrückte und Behandlungen mit Elektroschock.«

»Ja, ich besuche dort jemanden«, antwortete Mari.

Ein einstündiges Gespräch genügte, um dem zweimonatigen Leiden Maris ein Ende zu bereiten. Der Leiter der Anstalt, ein hochgewachsener Mann mit schwarz gefärbtem Haar namens Dr. Igor erklärte ihr, daß es sich nur um eine panische Störung handle, eine erst kürzlich in die psychiatrischen Lehrbücher aufgenommene Krankheit.

»Das heißt nicht, daß die Krankheit neu ist«, erklärte er und bemühte sich, verständlich zu sein. »Häufig verbergen sich die Menschen, die von ihr befallen sind, aus Angst davor, für verrückt gehalten zu werden. Es handelt sich wie bei der Depression nur um ein chemisches Ungleichgewicht im Organismus.«

Dr. Igor schrieb ein Rezept und bat sie, nach Hause zurückzukehren.

»Ich möchte jetzt nicht zurück«, antwortete Mari. »Trotz allem, was Sie mir erzählt haben, traue ich mich nicht mehr auf die Straße. Meine Ehe ist zur Hölle geworden, und ich muß auch meinen Mann entlasten, damit er sich von den Monaten erholt, in denen er sich um mich kümmern mußte.«

Wie häufig in solchen Fällen, und da zudem die Aktionäre die Anstalt voll ausgelastet haben wollten, befürwortete Dr. Igor eine Einweisung, wies jedoch deutlich darauf hin, daß sie nicht notwendig sei.

Mari erhielt die entsprechenden Medikamente, wurde psychotherapeutisch begleitet, und die Symptome nahmen ab, bis sie schließlich ganz verschwanden.

In der Zwischenzeit hatte jedoch die Einweisung Maris in die Anstalt in der kleinen Stadt Ljubljana die Runde gemacht. Ihr Partner und Freund, der so lange Jahre Freud und Leid mit ihr geteilt hatte, kam sie in Villete besuchen. Er beglückwünschte sie zu ihrem Mut, seinen Rat befolgt und Hilfe gesucht zu haben. Doch dann teilte er ihr den eigentlichen Grund seines Besuches mit:

»Womöglich ist jetzt wirklich der Augenblick gekommen, an dem Sie in Rente gehen sollten.«

Mari begriff, was hinter diesen Worten stand: Niemand wollte seine Geschäfte einer Anwältin anvertrauen, die in einer psychiatrischen Anstalt gewesen war.

»Sie sagten, Arbeit sei die beste Therapie. Ich muß wieder zurück, und sei's nur für kurze Zeit.«

Sie wartete auf eine Reaktion, doch er schwieg. Mari fuhr fort:

»Sie selbst haben vorgeschlagen, daß ich mich behandeln lassen soll. Als ich erwog, mich pensionieren zu lassen, wollte ich freiwillig und mit fliegenden Fahnen gehen. Ich will nicht gehen, weil ich muß. Geben Sie mir wenigstens eine Chance, mein Selbstwertgefühl zurückzuerlangen. Dann werde ich anschließend von mir aus zurücktreten.«

Der Anwalt hüstelte.

»Ich hatte vorgeschlagen, daß Sie sich behandeln, nicht daß Sie sich internieren lassen sollen.«

»Aber das war damals eine Frage des Überlebens. Ich traute mich einfach nicht mehr auf die Straße, und meine Ehe war am Ende.«

Mari wußte, daß ihre Worte ins Leere gingen. Was auch immer sie sagte, überreden konnte sie ihn nicht. Der Ruf der Kanzlei stand auf dem Spiel. Trotzdem nahm sie einen letzten Anlauf:

»Ich habe hier drinnen mit zweierlei Menschen zusammengelebt: Menschen, die keine Chance haben, wieder in die Gesellschaft zurückzukehren, und Menschen, die vollkommen geheilt sind, doch lieber vorgeben, verrückt zu sein, um sich vor den Verantwortungen, die das Leben ihnen abverlangt, zu drücken. Ich möchte, ich muß mich wieder mögen, muß mich selbst davon überzeugen, daß ich imstande bin, meine eigenen Entscheidungen zu treffen. Ich will nicht zu Dingen gedrängt werden, die ich nicht selbst gewählt habe.«

»Wir können viele Fehler in unserem Leben begehen«, sagte der Anwalt. »Nur nicht den Fehler, der alles zerstört.«

Es brachte nichts, das Gespräch fortzusetzen. Seiner Meinung nach hatte Mari den fatalen Fehler begangen.

Zwei Tage später wurde ihr der Besuch eines anderen Anwalts gemeldet. Diesmal aus einer anderen Kanzlei, die die beste Konkurrentin ihrer jetzt ehemaligen Kollegen war. Mari lebte auf. Vielleicht wußte er, daß sie frei war und eine neue Stelle suchte, die ihr die Chance bot, ihren Platz in der Welt wieder einzunehmen.

Der Anwalt trat in das Besuchszimmer, setzte sich, fragte lächelnd nach ihrem Befinden und zog verschiedene Papiere aus der Aktentasche.

»Ich bin wegen Ihres Mannes hier«, sagte er. »Hier ist sein Scheidungsantrag. Selbstverständlich übernimmt er alle Krankenhauskosten für die Dauer Ihres Aufenthalts.«

Diesmal wehrte sich Mari nicht. Sie unterzeichnete alles, obwohl sie als Anwältin wußte, daß sie diesen Rechtsstreit unendlich verlängern könnte. Anschließend ging sie zu Dr. Igor und sagte ihm, ihre Symptome seien zurückgekehrt.

Dr. Igor wußte, daß sie log, doch er verlängerte ihre Internierung auf unbestimmte Zeit.

Veronika beschloß, ins Bett zu gehen, doch Eduard blieb neben dem Klavier stehen.

»Ich bin müde, Eduard. Ich brauche Schlaf.«

Sie hätte gern für ihn weitergespielt, alle Sonaten, Requiems, Adagios, die sie kannte, aus ihrem betäubten Geist wieder hervorgeholt, weil seine Bewunderung nicht fordernd war. Doch ihr Körper machte nicht mehr mit.

Er war ein so gutaussehender Mann! Wenn er doch nur ein bißchen aus seiner Welt herauskäme und in ihr die Frau sähe, dann könnten ihre letzten Nächte auf dieser Erde die schönsten ihres Lebens werden, denn Eduard war als einziger imstande, sie als Künstlerin zu begreifen. Mit ihm war sie über die Musik eine Verbindung eingegangen wie noch nie zuvor mit jemandem.

Eduard war der ideale Mann. Sensibel, gebildet, hatte er eine uninteressante Welt zerstört, um sie in seinem Kopf neu erstehen zu lassen, dieses Mal mit neuen Farben, Personen, Geschichten. Und diese neue Welt schloß eine Frau, ein Klavier und einen zunehmenden Mond mit ein.

»Ich könnte mich jetzt verlieben, dir alles geben, was ich habe«, sagte sie, weil sie wußte, daß er sie nicht verstehen konnte. »Du bittest mich immer nur um Musik, doch ich bin viel mehr, als ich dachte, und würde gern andere Dinge mit jemandem teilen, die ich jetzt verstehe.«

Eduard lächelte. Hatte er sie verstanden? Veronika bekam einen Schreck, denn im Handbuch des guten Benehmens hieß es, daß man nicht auf so direkte Weise über Liebe sprach und schon gar nicht mit einem Mann, den man erst wenige Male gesehen hatte. Doch sie beschloß, sich nicht beirren zu lassen, weil sie nichts zu verlieren hatte.

»Du bist der einzige Mann auf dieser Erde, in den ich mich verlieben kann, Eduard. Einfach, weil du mich nicht vermissen wirst, wenn ich sterbe. Ich weiß nicht, was ein Schizophrener fühlt, aber ganz bestimmt nicht Sehnsucht nach jemandem.

Vielleicht wirst du dich anfangs wundern, wenn nachts keine Musik mehr erklingt. Doch der Mond wird immer wieder aufgehen, und immer wieder einmal wird jemand Lust haben, Sonaten für dich zu spielen, vor allem hier, in einer psychiatrischen Anstalt, denn schließlich sind wir doch alle mondsüchtig.«

Sie wußte nicht, welche Verbindung es zwischen den Verrückten und dem Mond gab, doch wenn Geisteskrankheit als Mondsüchtigkeit beschrieben wurde, mußte sie sehr stark sein.

»Und ich werde dich auch nicht vermissen, Eduard, denn ich werde tot sein, fern von hier. Und da ich keine Angst habe, dich zu verlieren, ist es mir gleichgültig, was du über mich denkst, und heute habe ich für dich wie eine verliebte Frau gespielt. Das war schön. Es war der schönste Augenblick in meinem Leben.«

Sie sah zu Mari nach draußen. Sie erinnerte sich an deren Worte. Und sah wieder den jungen Mann an, der vor ihr stand.

Veronika zog ihren Pullover aus und näherte sich Eduard.

Wenn sie es tun wollte, dann war jetzt der Moment dafür. Mari würde die Kälte dort draußen nicht lange aushalten und bald wieder hereinkommen.

Eduard wich zurück. Die Frage in seinen Augen war: Wann würde sie ans Klavier zurückkehren? Wann würde sie eine andere Musik spielen, um seine Seele mit den Schmerzen, den Freuden jener verrückten Komponisten zu füllen, die die Generationen mit ihren Werken überdauert hatten?

»Die Frau da draußen hat mir gesagt: ›Befriedige dich selbst. Erfahre, wohin du gelangen kannst.‹ Sollte ich wirklich weiter kommen als je zuvor?«

Und sie nahm ihn bei der Hand und wollte ihn zum Sofa führen, doch Eduard entzog sich höflich. Er blieb lieber stehen und wartete geduldig, daß sie wieder spielte.

Veronika war verwirrt, doch dann war ihr wieder klar, daß sie nichts zu verlieren hatte. Sie war tot, warum sollte sie weiter Ängste und Vorurteile hegen, mit denen ihr Leben immer eingegrenzt worden war? Sie zog die Bluse aus, die Hose, den BH, den Slip und stand nackt vor ihm.

Eduard lachte. Sie wußte nicht worüber, stellte einfach fest, daß er gelacht hatte. Vorsichtig nahm sie seine Hand und legte sie auf ihr Geschlecht. Die Hand blieb dort reglos liegen. Veronika überlegte es sich anders und schob die Hand wieder weg.

Etwas erregte sie viel mehr, als wenn sie körperlichen Kontakt mit dem Mann gehabt hätte. Die Tatsache, daß sie machen konnte, was sie wollte, daß es keine Grenzen gab; außer der Frau, die jeden Moment hereinkommen konnte, war um diese Zeit wahrscheinlich niemand mehr wach.

Ihr Blut floß schneller, und das Frösteln, das sie empfunden hatte, als sie sich auszog, verschwand wieder. Die beiden standen voreinander, sie war nackt, er vollständig angezogen. Veronika ließ die Hand herunter zu ihrem Geschlecht gleiten und begann sich selbst zu befriedigen. Sie hatte das schon früher getan, allein oder mit einigen Partnern, doch nie in einer Situation wie dieser, wo der Mann nicht das geringste Interesse an dem zeigte, was gerade geschah.

Und das war erregend. Sehr erregend. Breitbeinig stehend berührte Veronika ihr Geschlecht, ihre Brüste, ihr Haar und gab sich hin, wie sie sich nie zuvor hingegeben hatte, weniger um zu sehen, ob sie diesen Jungen aus seiner fernen Welt herausholen konnte, sondern weil sie so etwas noch nie erlebt hatte.

Sie begann zu reden, undenkbare Dinge zu sagen, die ihre Eltern, ihre Freunde, ihre Vorfahren für den größten Schmutz auf Erden gehalten hätten. Der erste Orgasmus kam, und sie biß sich auf die Lippen, um nicht zu schreien.

Eduard blickte sie an. In seinen Augen war jetzt ein anderes Leuchten, als verstünde er etwas, auch wenn er möglicherweise nur die Energie, den Schweiß, den Geruch, die Hitze wahrnahm, die ihr Körper ausstrahlte. Veronika war noch nicht befriedigt. Sie kniete nieder und begann sich wieder selbst zu befriedigen.

Sie wollte sterben, während sie der bis heute verbotenen Lust frönte: Sie flehte den Mann an, sie zu berühren, sie zu unterwerfen, sie zu allem zu benutzen, wozu er Lust hatte. Wollte, daß auch Zedka da wäre, weil eine Frau besser als jeder Mann weiß, wie sie den Körper einer anderen Frau berühren mußte, da sie all dessen Geheimnisse kannte.

Sie kniete vor Eduard nieder. Ihr war, als würde er sie besitzen und berühren, und sie gebrauchte obszöne Worte, um zu beschreiben, was sie von ihm wollte. Ein neuer Orgasmus kam, stärker als der letzte, als würde alles um sie herum gleich explodieren. Sie erinnerte sich an den Herzanfall, den sie am Morgen gehabt hatte, doch das war jetzt unwichtig, sie würde voller Lust sterben, explodieren. Sie fühlte sich versucht, Eduards Geschlecht zu packen, das sich direkt vor ihrem Gesicht befand, doch sie wollte nicht Gefahr laufen, diesen Augenblick zu zerstören. Sie ging weit, viel weiter, genau wie Mari gesagt hatte.

Sie stellte sich vor, Königin und Sklavin zu sein, Beherrscherin und Beherrschte. In ihrer Phantasie machte sie Liebe mit Weißen, Schwarzen, Gelben, Homosexuellen, Bettlern. Sie gehörte allen, und alle konnten alles mit ihr machen. Sie hatte nacheinander einen, zwei, drei Orgasmen. Sie phantasierte sich, was sie sich nie zuvor vorgestellt hatte – und gab sich dem Gemeinsten und Reinsten hin, das es gab. Am Ende konnte sie sich nicht mehr beherrschen und schrie laut, vor Lust, vor Schmerz, wegen der aufeinanderfolgenden Orgasmen, wegen der vielen Männer und Frauen, die ihren Körper besessen hatten, indem sie sich ihres Geistes bemächtigten.

Dann legte sie sich auf den Boden und blieb dort schweißbedeckt, friedlich liegen. Sie hatte ihre innersten Wünsche vor sich selbst verborgen, ohne zu wissen, wieso. Und sie brauchte keine Antwort. Es reichte, daß sie getan hatte, was sie tat: sich hinzugeben.

Ganz allmählich kehrte das Universum an seinen Platz zurück, und Veronika erhob sich. Eduard hatte die ganze Zeit reglos dagestanden, doch etwas schien sich in ihm verändert zu haben: Seine Blicke zeigten Zärtlichkeit, eine sehr irdische Zärtlichkeit.

›Es war so gut, daß ich jetzt überall Liebe entdecken kann. Sogar in den Augen eines Schizophrenen.‹

Sie zog ihre Kleider wieder an und bemerkte, daß noch jemand im Raum war: Mari.

Veronika wußte nicht, wann sie hereingekommen war oder ob sie etwas gesehen hatte, doch sie fühlte weder Scham noch Angst. Sie blickte sie nur mit der gleichen Distanz an, mit der man einen Menschen ansieht, der einem zu nahe getreten ist.

»Ich habe gemacht, was du mir vorgeschlagen hast«, sagte Veronika, »und ich bin sehr weit gekommen.«

Mari schwieg. Sie hatte gerade sehr wichtige Augenblicke in ihrem Leben Revue passieren lassen und fühlte sich nicht recht wohl. Vielleicht war der Augenblick gekommen, in die Welt zurückzukehren, sich den Dingen draußen zu stellen, zu sagen, daß alle Mitglieder einer großen ›Bruderschaft‹ sein könnten, ohne je eine psychiatrische Anstalt von innen gesehen zu haben.

Wie diese junge Frau beispielsweise, deren einziger Grund, in Villete zu sein, ein Selbstmordversuch war. Sie hatte nie Panik erlebt, Depressionen, mystische Visionen, Psychosen, die Grenzen, an die der menschliche Geist stoßen kann. Obwohl sie viele Männer gehabt hatte, hatte sie ihre geheimsten Wünsche nie ausgelebt – mit dem Ergebnis, daß ihr ein Großteil ihrer selbst verborgen geblieben war.

Ach, könnten doch alle Menschen ihre innere Verrücktheit kennenlernen und mit ihr leben! Wäre die Welt deswegen schlechter? Nein, die Menschen wären gerechter und glücklicher.

»Warum habe ich das nicht vorher gemacht?«

»Er möchte, daß du ihm noch mehr vorspielst«, sagte Mari und sah Eduard dabei an. »Ich glaube, er hat es verdient.«

»Gleich. Doch sag mir: Warum habe ich dies noch nie gemacht? Wenn ich frei bin, wenn ich alles denken darf, was ich möchte, warum habe ich es immer vermieden, mir Verbotenes vorzustellen?«

»Verbotenes? Hör mal, ich war Anwältin und kenne die Gesetze. Ich war auch einmal katholisch und kannte einen Großteil der Bibel auswendig. Was verstehst du unter ›verboten‹?«

Mari trat auf sie zu und half ihr in den Pullover.

»Schau mir in die Augen und merke dir gut, was ich dir jetzt sagen werde. Es gibt nur zwei verbotene Dinge, das eine, weil es das Gesetz des Menschen verbietet, das andere, weil Gottes Gesetz es verbietet: Das eine ist, jemanden zu einer sexuellen Beziehung zu zwingen – das ist Vergewaltigung. Das andere ist Sex mit Kindern – das ist die größte aller Sünden. Alles andere ist erlaubt. Du bist frei. Es gibt immer jemanden, der genau das möchte, was du auch möchtest.«

Mari hatte keine Lust, jemandem wichtige Dinge beizubringen, der bald sterben würde. Sie lächelte, sagte gute Nacht und ging.

Eduard bewegte sich nicht, wartete auf seine Musik. Veronika mußte ihn für die ungeheure Lust entschädigen, die er ihr nur dadurch gegeben hatte, daß er vor ihr stehengeblieben war und ihrem Wahnsinn ohne Angst oder Abscheu zugesehen hatte. Sie setzte sich ans Klavier und fing wieder an zu spielen.

Ihre Seele war leicht, und selbst die Angst vor dem Tod quälte sie nicht mehr. Sie hatte Wünsche ausgelebt, die sie immer verdrängt hatte. Sie hatte die Lust einer Jungfrau und einer Prostituierten, einer Sklavin und einer Königin erfahren – mehr die einer Sklavin als die einer Königin.

In jener Nacht fielen ihr wie durch ein Wunder alle Stücke wieder ein, die sie kannte, und sie machte Eduard damit fast so glücklich wie sich selbst.

Als er im Warteraum das Licht einschaltete, stand zu Dr. Igors Überraschung die junge Frau vor ihm.

»Es ist noch zu früh. Und außerdem bin ich heute ausgebucht.«

»Ich weiß, daß es zu früh ist«, sagte sie. »Und der Tag hat noch nicht einmal angefangen. Ich muß Ihnen etwas sagen. Ich brauche Hilfe.«

Sie hatte Ringe unter den Augen, und ihr Haar war stumpf und glanzlos, ein untrügliches Zeichen für eine durchwachte Nacht.

Dr. Igor beschloß, sie hereinzubitten.

Er bat sie, sich zu setzen, machte auch im Sprechzimmer Licht und zog die Vorhänge auf. In weniger als einer Stunde wurde es hell, und dann konnte er Strom sparen. Die Aktionäre sparten an allem und jedem.

Er warf einen kurzen Blick auf seinen Terminkalender: Zedka hatte schon ihren letzten Insulinschock bekommen und gut darauf reagiert, oder besser gesagt, hatte es geschafft, die unmenschliche Behandlung zu überleben. Wie gut, daß Dr. Igor vom Aufsichtsrat des Krankenhauses verlangt hatte, daß sie eine Erklärung unterzeichneten, durch die sie die Verantwortung für mögliche Folgen übernahmen.

Er sah die Berichte durch. Zwei oder drei Patienten hatten sich in der Nacht aggressiv verhalten, berichteten die Krankenpfleger. Darunter auch Eduard, der um vier Uhr morgens in seine Station zurückgekehrt war und sich geweigert hatte, die Schlaftabletten zu schlucken. Dr. Igor mußte etwas unternehmen. Denn so liberal Villete drinnen war, so mußte doch nach außen der Schein einer konservativen, strengen Institution gewahrt werden.

»Ich muß Sie um etwas Wichtiges bitten«, sagte die junge Frau.

Doch Dr. Igor beachtete sie nicht. Er nahm ein Stethoskop, begann ihre Lunge und ihr Herz abzuhören. Prüfte ihre Reflexe und untersuchte den Augengrund mit einer Taschenlampe. Er sah, daß sie kaum noch Zeichen einer Vitriolvergiftung oder Vergiftung durch Bitterkeit aufwies, wie alle es lieber nannten.

Dann ging er zum Telefon und bat die Krankenschwester, ein Medikament mit kompliziertem Namen zu bringen.

»Mir scheint, Sie haben gestern abend Ihre Spritze nicht erhalten.«

»Aber ich fühle mich doch besser.«

»Man braucht Sie nur anzusehen: Augenringe, Müdigkeit, Fehlen unmittelbarer Reflexe. Wenn Sie die Zeit nutzen wollen, die Ihnen noch verbleibt, tun Sie bitte, was ich Ihnen sage.«

»Genau deswegen bin ich hier. Ich möchte das bißchen Zeit, das mir noch bleibt, nutzen, aber auf meine Art. Wieviel Zeit bleibt mir noch?«

Dr. Igor blickte sie über den Brillenrand an.

»Antworten Sie mir, bitte«, forderte Veronika. »Ich habe jetzt keine Angst mehr, bin nicht mehr gleichgültig. Ich möchte leben, doch ich weiß, daß Wünschen nichts bewirken wird, und ergebe mich in mein Schicksal.«

»Und was wollen Sie dann?«

Die Krankenschwester kam mit der Spritze herein. Dr. Igor machte ein Zeichen mit dem Kopf. Vorsichtig schob sie den Ärmel von Veronikas Pullover hoch.

»Wieviel Zeit habe ich noch?« wiederholte Veronika, während ihr die Krankenschwester die Spritze gab.

»Vierundzwanzig Stunden. Vielleicht weniger.«

Sie senkte den Blick und biß sich auf die Lippe. Doch sie behielt die Fassung.

»Ich möchte Sie um zwei Gefallen bitten. Erstens, daß Sie mir ein Medikament, eine Spritze, was auch immer geben, damit ich wach bleibe und jede Minute, die mir noch zu leben bleibt, auskosten kann. Ich bin sehr müde, doch ich will nicht schlafen, ich habe noch viel zu tun. Dinge, die ich immer aufgeschoben habe, weil ich dachte, das Leben würde ewig währen. Dinge, an denen ich das Interesse verlor, als ich zu glauben begann, es lohne sich nicht zu leben.«

»Und Ihre zweite Bitte?«

»Hier herauszukommen und draußen zu sterben. Ich muß auf die Burg von Ljubljana hinaufsteigen. Sie stand immer da, und ich habe sie mir aus mangelndem Interesse nie angesehen. Ich muß mit der Frau reden, die im Winter Kastanien und im Frühjahr Blumen verkauft: Wir sind uns so häufig begegnet, und ich habe sie nie gefragt, wie es ihr geht. Ich möchte ohne Mantel im Schnee gehen, die eisige Kälte spüren, ich, die immer warm angezogen war, Angst hatte, mich zu erkälten.

Ich muß den Regen auf meinem Gesicht spüren, Dr. Igor, die Männer anlächeln, die mich interessieren, alle Einladungen zu einer Tasse Kaffee annehmen. Ich muß meine Mutter küssen, ihr sagen, daß ich sie liebe, in ihren Schoß weinen, ohne mich meiner Gefühle zu schämen, denn sie waren immer da, und ich habe sie nur geleugnet.

Vielleicht werde ich auch in eine Kirche gehen, diese Bilder ansehen, die mir bislang nie etwas gesagt haben. Vielleicht sagen sie mir jetzt etwas. Wenn mich ein interessanter Mann in eine Bar einlädt, werde ich die Einladung annehmen und die ganze Nacht bis zum Umfallen tanzen. Anschließend werde ich mit ihm ins Bett gehen – nicht wie früher, als ich immer versuchte, die Kontrolle zu behalten, oder Gefühle vortäuschte, die ich nicht empfand. Ich möchte mich einem Mann hingeben, der Stadt, dem Leben und am Ende dem Tod.«

Es herrschte bedrücktes Schweigen. Arzt und Patientin sahen einander gedankenverloren an. Vielleicht dachten sie über die vielen Möglichkeiten nach, die vierundzwanzig Stunden einem bieten konnten.

»Ich kann Ihnen ein Aufputschmittel geben, doch ich rate Ihnen davon ab«, sagte schließlich Dr. Igor. »Es wird Ihnen die Müdigkeit, aber auch den inneren Frieden nehmen, den sie brauchen, um all das zu erleben.«

Veronika wurde es schlecht: Immer wenn sie diese Spitze bekam, geschah etwas Schlimmes in ihrem Körper.

»Sie werden immer blasser. Vielleicht sollten Sie besser ins Bett gehen, und wir reden morgen wieder miteinander.«

Sie hätte am liebsten geweint, doch sie konnte sich beherrschen.

»Es wird kein Morgen geben, und das wissen Sie genau. Ich bin müde, Dr. Igor, unglaublich müde. Deshalb habe ich um die Tabletten gebeten. Ich habe die ganze Nacht nicht geschlafen, zwischen Verzweiflung und Resignation geschwankt. Ich hätte wieder einen hysterischen Angstanfall wie gestern bekommen können, doch was hätte das schon geändert? Da mir noch vierundzwanzig Stunden zu leben bleiben und ich noch so viel vorhabe, dachte ich mir, es wäre besser, die Verzweiflung außen vor zu lassen.

Bitte lassen sie mich die wenige Zeit, die mir noch bleibt, leben, Dr. Igor. Denn wir wissen beide, daß es morgen schon zu spät sein kann.«

»Gehen Sie schlafen«, sagte der Arzt ernst. »Und kommen Sie heute mittag wieder. Dann reden wir weiter.«

Veronika sah, daß nichts zu machen war.

»Ich gehe schlafen und komme wieder. Haben Sie noch ein paar Minuten für mich?«

»Ja, Minuten schon. Aber ich habe viel zu tun.«

»Ich will nicht um den heißen Brei herumreden. Gestern nacht habe ich mich zum ersten Mal ganz frei selbst befriedigt. Ich habe Dinge gedacht, die ich zuvor nie zu denken gewagt hatte, empfand Lust bei Dingen, die mich früher erschreckt oder abgestoßen haben.«

Dr. Igor versuchte, so professionell wie möglich dazusitzen. Er wußte nicht, wohin dieses Gespräch führen würde, und wollte keine Probleme mit seinen Vorgesetzten bekommen.

»Ich habe herausgefunden, daß ich verdorben bin, Herr Doktor. Ich hätte gern gewußt, ob das dazu beigetragen hat, daß ich mich umbringen wollte. Es gibt so vieles in mir, was ich nicht kannte.«

›Nun, das ist nur eine Antwort‹, dachte er. ›Ich brauche

die Krankenschwester nicht zu rufen, damit sie Zeugin unseres Gesprächs wird und ich so einen künftigen Prozeß wegen sexuellen Mißbrauchs vermeide.‹

»Alle wollen wir andere Dinge tun«, antwortete er. »Und unsere Partner auch. Was ist daran verkehrt?«

»Antworten Sie doch auf meine Frage!«

»Alles ist verkehrt. Weil, wenn alle träumen und nur einige ihre Träume umsetzen, alle Welt sich feige fühlt.«

»Auch wenn diese wenigen recht haben?«

»Wer recht hat, ist der Stärkere. In diesem Fall sind paradoxerweise die Feigen mutiger, und es gelingt ihnen, ihre Ideen durchzusetzen.«

Dr. Igor wollte das nicht weiter ausführen.

»Ruhen Sie sich bitte ein wenig aus. Ich habe noch andere Patienten, um die ich mich kümmern muß. Wenn Sie mitziehen, werde ich sehen, was ich in bezug auf ihre zweite Bitte tun kann.«

Die junge Frau ging hinaus. Seine nächste Patientin war Zedka, die entlassen werden sollte. Doch Dr. Igor bat sie, sich einen Augenblick zu gedulden. Er mußte sich ein paar Notizen über das Gespräch machen, das er gerade geführt hatte.

Er mußte in seiner wissenschaftlichen Abhandlung über das Vitriol ein ausführliches Kapitel über Sex einbauen, der für einen Großteil der Neurosen und Psychosen verantwortlich war: Ihm zufolge waren sexuelle Phantasien elektrische Impulse im Gehirn, die, wenn sie nicht umgesetzt wurden, ihre Energie in anderen Bereichen entluden.

Während seines Medizinstudiums hatte Dr. Igor ein interessantes Buch über Vorlieben sexueller Minderheiten gelesen: Sadismus, Masochismus, Homosexualität, Koprophagie, Voyeurismus, den Drang, unanständige Wörter zu sagen. Anfangs fand er, daß dies nur die abweichende Haltung einiger gestörter Menschen sei, die nicht in der Lage waren, eine gesunde Beziehung zum Partner zu haben.

Inzwischen hatte er mit seiner Berufserfahrung als Psychiater und durch die Befragungen seiner Patienten bemerkt, daß alle eine besondere Geschichte zu erzählen hatten. Alle setzten sich in den bequemen Sessel in seinem Büro, blickten zu Boden und hielten lange Vorträge über das, was sie »Krankheiten« nannten (als wäre nicht er der Arzt) oder »Perversionen« (als wäre es an ihnen und nicht an ihm als Psychiater, darüber zu urteilen, was pervers war und was nicht).

Und diese »normalen« Leute beschrieben einer nach dem andern die Phantasien, die im berühmten Buch über sexuelle Minderheiten standen, einem Buch, das im übrigen das Recht eines jeden vertrat, den Orgasmus zu haben, den er oder sie sich wünschte, allerdings nur unter der Bedingung, daß er oder sie dabei die Rechte ihres Partners nicht verletzten.

Frauen, die in Nonnenschulen erzogen worden waren, träumten davon, erniedrigt zu werden: Männer, in Anzug und Krawatte, hohe öffentliche Beamte erzählten, daß sie ein Vermögen für rumänische Prostituierte ausgaben, nur damit sie denen die Füße lecken konnten. Junge Männer verliebten sich in junge Männer, Mädchen verliebten sich in ihre Klassenkameradinnen. Ehemänner wollten zuschauen, wenn ihre Frauen von anderen besessen wurden, Frauen masturbierten beim kleinsten Hinweis auf einen Seitensprung ihrer Männer, brave Mütter mußten an sich halten, um sich nicht dem erstbesten Lieferanten hinzugeben, Familienväter erzählten von geheimen Abenteuern mit den wenigen Transvestiten, denen es gelang, durch die strenge Kontrolle an der Grenze zu kommen.

Und Orgien. Es schien so, als hätten alle den Wunsch, mindestens einmal im Leben an einer Orgie teilzunehmen.

Dr. Igor legte den Kugelschreiber einen Moment lang ab und dachte über sich selber nach: er auch? Ja, er würde es auch gern tun. Die Orgie, die er sich vorstellte, wäre vollkommen anarchisch, fröhlich, es würde keine Besitzansprüche mehr geben – nur Lust und Chaos.

War dies einer der Hauptgründe dafür, daß so viele Menschen von der Bitterkeit vergiftet wurden? Ehen, die wie von einer erzwungenen Monogamie eingeengt waren und aus denen (wie Untersuchungen belegten, die Dr. Igor sorgfältig in seiner medizinischen Bibliothek verwahrte) der Wunsch nach Sexualität im dritten oder vierten Ehejahr verschwand. Dann fühlte die Frau sich abgelehnt, der Mann als ein Sklave der Ehe – und das Vitriol, die Bitterkeit begann alles zu zerstören.

Die Menschen äußerten sich einem Psychiater gegenüber offener als gegenüber einem Priester, weil der Arzt nicht mit der Hölle drohen konnte. Während seines langen Berufslebens als Psychiater hatten die Patienten Dr. Igor praktisch alles erzählt, was man sich nur vorstellen konnte.

Erzählt. Selten *getan.* Sogar nach einigen Jahren Berufserfahrung fragte er sich noch, warum alle so große Angst davor hatten, sich anders als gewohnt zu verhalten.

Wenn er es von ihnen wissen wollte, war die Antwort, die er am häufigsten hörte: »Mein Mann wird mich für eine Hure halten.« Wenn ein Mann vor ihm saß, sagte der: »Meine Frau verdient Achtung.«

Und da endete zumeist die Unterhaltung. Es führte zu nichts, zu sagen, daß jeder Mensch sein eigenes sexuelles Profil hatte, das genauso einzigartig war wie seine Fingerabdrücke. Das wollte niemand glauben. Es war riskant, im Bett frei zu sein, weil der andere womöglich immer noch Sklave seiner Vorurteile war.

›Ich werde die Welt nicht ändern können‹, dachte er resigniert und bat die Krankenschwester, die ehemalige Depressive, Zedka, eintreten zu lassen. ›Aber in meinem Buch werde ich wenigstens sagen können, was ich denke.‹

Eduard sah Veronika aus Dr. Igors Sprechzimmer kommen, und er machte sich auf den Weg zur Krankenstation. Er hätte ihr gern seine Geheimnisse anvertraut, ihr mit der gleichen Ehrlichkeit und Freiheit die Seele geöffnet wie sie in der Nacht zuvor ihren Körper.

Es war dies eine seiner schwersten Prüfungen gewesen, seit er als Schizophrener in Villete eingeliefert worden war. Doch er hatte widerstanden und war zufrieden – auch wenn er sich immer quälender bewußt wurde, daß er eigentlich in die Welt zurückkehren wollte.

›Alle wissen, daß diese junge Frau nicht mehr bis zum Ende dieser Woche durchhält. Es bringt nichts.‹

Oder vielleicht war es gerade deswegen gut, die eigene Geschichte mit ihr zu teilen. Seit drei Jahren sprach er nur mit Mari, aber er war sich nicht sicher, ob sie ihn ganz verstand. Als Mutter dachte sie vielleicht, daß seine Eltern recht hatten, daß sie nur sein Bestes wollten, daß die Visionen des Paradieses nur der alberne Traum eines Jugendlichen waren und ganz außerhalb der realen Welt lagen.

Visionen vom Paradies. Genau das hatte ihn in die Hölle, zu den endlosen Streitigkeiten mit seiner Familie, zu diesem Schuldgefühl geführt, das so stark war, daß es ihn lähmte und zwang, sich in eine andere Welt zu flüchten. Hätte es Mari nicht gegeben, würde er noch immer in dieser anderen Realität leben.

Doch Mari war gekommen, hatte sich um ihn gekümmert, ihm wieder das Gefühl gegeben, geliebt zu werden. Dank Mari war er noch fähig, an seiner Umwelt teilzuhaben.

Vor einigen Tagen war eine junge Frau in seinem Alter gekommen und hatte sich ans Klavier gesetzt, um die ›Mondscheinsonate‹ zu spielen. Eduard wußte nicht, ob es an der Musik oder an dem Mädchen oder am Mond oder an der Zeit gelegen hatte, die er schon in Villete war, aber die Visionen vom Paradies begannen ihn wieder heimzusuchen.

Er folgte ihr bis zur Frauenstation, wo sich ihm ein Krankenpfleger in den Weg stellte.

»Hier kannst du nicht rein, Eduard. Geh wieder in den Garten. Es wird hell, und der Tag wird schön.«

Veronika blickte sich um.

»Ich werde ein bißchen schlafen«, sagte sie zu ihm. »Wir reden nachher miteinander.«

Veronika wußte nicht, weshalb, aber dieser Junge gehörte jetzt zu ihrer Welt – oder zumindest zu dem Wenigen, das noch von dieser Welt übrig war. Sie war sich sicher, daß

Eduard fähig war, ihre Musik zu verstehen, ihr Talent zu würdigen. Auch wenn er kein Wort herausbrachte, seine Augen sagten alles.

Wie in diesem Augenblick an der Tür zur Station, als sie Dinge sagten, von denen sie nichts wissen wollte.

Zärtlichkeit. Liebe.

›Dieses Zusammenleben mit den Geisteskranken hat mich schnell verrückt werden lassen. Schizophrene empfinden so etwas nicht – jedenfalls nicht für Wesen von dieser Welt.‹

Veronika war drauf und dran, auf ihn zuzugehen und ihm einen Kuß zu geben, doch sie hielt sich zurück. Der Krankenpfleger könnte es sehen und Dr. Igor erzählen, und der Arzt würde einer Frau, die Schizophrene küßte, bestimmt nicht erlauben, Villete zu verlassen.

Eduard starrte den Krankenpfleger an. Er fühlte sich stärker zu der jungen Frau hingezogen, als er geglaubt hatte, doch er mußte sich jetzt in der Gewalt haben. Er würde mit Mari beratschlagen, dem einzigen Menschen, mit dem er seine Geheimnisse teilte. Sie würde ihm bestimmt sagen, daß das, was er wollte – Liebe –, in so einem Fall gefährlich und nutzlos sei. Mari würde Eduard bitten, den Unsinn zu lassen und wieder ein normaler Schizophrener zu sein (dann würde sie lachen, denn dieser Satz machte keinen Sinn).

Er gesellte sich zu den andern im Speisesaal, aß, was man ihm vorsetzte, und ging zum Pflichtspaziergang hinaus in den Garten. Während des »Sonnenbades« (auch heute wieder bei unter null Grad) versuchte er sich Mari zu nähern. Doch sie sah aus, als wollte sie allein sein. Sie brauchte nichts zu sagen, denn Eduard kannte die Einsamkeit gut genug, um zu wissen, wann man sie bei anderen respektieren mußte.

Ein neuer Insasse kam zu Eduard. Er kannte die Leute wohl noch nicht.

»Gott hat die Menschheit gestraft«, sagte er. »Und er hat sie mit der Seuche bestraft. Doch ich habe Ihn in meinen Träumen gesehen. Er hat mir aufgetragen, Slowenien zu retten.«

Eduard entfernte sich, während der Mann brüllte:

»Glaubst du, ich bin verrückt? Dann lies die Evangelien! Gott hat Seinen Sohn gesandt, und Sein Sohn kommt jetzt zurück!«

Doch Eduard hörte ihn nicht mehr. Er blickte auf die Berge draußen und fragte sich, was mit ihm bloß los war. Warum verspürte er den Wunsch, hier herauszukommen, wo er doch hier endlich den Frieden gefunden hatte, den er so sehr suchte? Warum sollte er seine Eltern erneut der Gefahr aussetzen, sich zu blamieren, wo doch die Familienprobleme gerade gelöst waren? Er wurde unruhig, ging auf und ab, während er darauf wartete, daß Mari aus ihrem Schweigen heraustrat und sie miteinander reden konnten. Doch sie wirkte abwesender denn je.

Er wußte, wie man aus Villete fliehen konnte. Auch wenn die Sicherheitsvorkehrungen sehr streng zu sein schienen, gab es doch viele Mängel. Schlicht und einfach deswegen, weil die Leute, wenn sie einmal hier drinnen waren, nur wenig Lust hatten, wieder herauszukommen. Es gab nach Osten hin eine Mauer, über die man ohne größere Schwierigkeiten klettern konnte, weil sie an vielen Stellen beschädigt war. Hatte man sie überwunden, stand man auf freiem Feld, und fünf Minuten später befand man sich auf der Straße, die nach Osten, nach Kroatien, führte. Der Krieg war zu Ende, die Brüder waren wieder Brüder, die Grenzen nicht mehr so scharf bewacht. Mit ein bißchen Glück konnte man in sechs Stunden in Zagreb sein.

Eduard war schon mehrfach auf dieser Straße gewesen, hatte jedoch jedesmal beschlossen umzukehren, weil er noch nicht das Zeichen bekommen hatte voranzuschreiten. Jetzt war alles anders: Das Zeichen war in Gestalt einer jungen Frau mit grünen Augen, braunem Haar und der entschlossenen Miene eines Menschen erschienen, der zu wissen meint, was er will.

Eduard überlegte, ob er sich direkt zur Mauer begeben, hinausgehen und aus Slowenien verschwinden sollte. Doch das Mädchen schlief, und er mußte sich wenigstens von ihr verabschieden.

Als sich nach dem »Sonnenbad« die Bruderschaft im Aufenthaltsraum versammelte, gesellte sich Eduard zu ihnen.

»Was will denn dieser Verrückte hier?« fragte der Älteste der Gruppe.

»Laß ihn«, sagte Mari. »Wir sind doch auch verrückt.«

Alle lachten, und sie begannen, sich über den gestrigen Vortrag zu unterhalten. Die Frage war, ob die Sufi-Meditation tatsächlich die Welt verändern könne. Es wurden Theorien, Art und Weise der Anwendung, gegenteilige Ideen, Kritik am Vortragenden, Vorschläge vorgebracht, wie zu verbessern wäre, was seit Jahrhunderten probiert worden war.

Eduard hatte diese Art von Diskussionen satt. Die Leute schlossen sich in einer Irrenanstalt ein und verbrachten die Zeit damit, die Welt zu retten, ohne irgendein Risiko einzugehen, denn sie wußten, daß die Leute draußen sie lächerlich nennen würden, auch wenn sie ganz konkrete Ideen hatten. Jeder einzelne hatte seine spezielle Theorie zu allem und glaubte, seine Wahrheit sei die einzig wichtige. Sie verbrachten Tage, Nächte, Wochen und Jahre mit Reden, ohne je die einzige Realität anzunehmen, die es hinter jeder Idee gibt: Sei sie nun gut oder schlecht, es gibt sie erst, wenn jemand sie in die Tat umsetzt.

Was war nun Sufi-Meditation? Was war Gott? Was war die Erlösung, und mußte die Welt überhaupt erlöst werden? Nein. Wenn alle hier und dort draußen ihr Leben leben würden und die anderen das gleiche täten, wäre Gott in jedem Augenblick, in jedem Senfkorn, im Wolkenfetzen, der entsteht und sich im nächsten Augenblick wieder auflöst. Gott war dort, und dennoch glaubten die Menschen, daß sie immer weiter suchen mußten, weil es zu einfach erschien zu akzeptieren, daß das Leben ein Akt des Glaubens war.

Er erinnerte sich an die unspektakuläre, einfache Übung, die der Sufi-Meister gelehrt hatte, als er darauf gewartet hatte, daß Veronika wieder ans Klavier ging: eine Rose anschauen. Mehr nicht.

Dennoch saßen jetzt diese Leute, nachdem sie die Erfahrung tiefster Meditation gemacht hatten, nachdem sie den

Visionen des Paradieses so nahe gewesen waren, da und stritten, diskutierten, kritisierten, stellten Theorien auf.

Seine Blicke kreuzten die von Mari. Sie mied ihn, doch Eduard war entschlossen, dieser Situation ein für allemal ein Ende zu bereiten. Er ging zu ihr und packte sie am Arm.

»Lass das, Eduard!«

Er hätte sagen können: ›Komm mit mir!‹ Doch nicht vor all den Leuten, denn die hätten sich bestimmt über seine feste Stimme gewundert. Lieber kniete er vor ihr nieder und blickte sie einfach flehend an.

Alle lachten.

»Du bist eine Heilige für ihn geworden, Mari«, meinte jemand. »Das war die Meditation von gestern.«

Doch das jahrelange Schweigen hatte Eduard gelehrt, mit den Blicken zu sprechen. Er konnte seine ganze Energie in sie hineinlegen. Daher war er auch sicher, daß Veronika seine Zärtlichkeit und seine Liebe verstanden hatte. Er wußte, daß Mari seine Verzweiflung verstehen würde und warum er sie so sehr brauchte.

Sie zögerte noch ein wenig. Endlich stand sie auf und nahm ihn bei der Hand.

»Laß uns einen Spaziergang machen«, sagte sie. »Du bist ja ganz aufgeregt.«

Zusammen gingen sie in den Garten hinaus. Kaum waren sie außer Hörweite, fing Eduard zu sprechen an.

»Ich bin nun schon jahrelang hier in Villete. Ich habe aufgehört, meine Eltern zu blamieren, habe meine Ambitionen aufgegeben, doch die Visionen des Paradieses sind geblieben.«

»Das weiß ich«, sagte Mari. »Wir haben schon häufig darüber geredet. Und ich weiß auch, worauf du hinauswillst: Es ist Zeit für dich zu gehen.«

Eduard blickte in den Himmel. Sollte sie das gleiche fühlen?

»Und es ist wegen der jungen Frau«, fuhr Mari fort. »Wir haben schon viele Menschen hier drinnen sterben sehen, immer dann, wenn sie es am wenigsten erwarteten, und im allgemeinen dann, wenn sie das Leben aufgegeben hatten. Doch dieses Mal passiert es zum ersten Mal mit einem jungen, hübschen, gesunden Mädchen, das noch so viel vor sich hat. Veronika ist die einzige, die nicht immer in Villete bleiben wollte. Und das läßt uns die Frage stellen: Wie sieht es mit uns aus? Was suchen wir hier?«

Er nickte.

»Gestern abend habe ich mich das auch gefragt. Und ich kam zum Schluß, daß es viel interessanter wäre, auf dem Platz zu sein, auf den Drei Brücken, auf dem Markt vor dem Theater Äpfel zu kaufen und über das Wetter zu reden. Natürlich würde ich mich mit längst vergessenen Dingen herumschlagen müssen, wie Rechnungen bezahlen, Nachbarn beschwichtigen, den ironischen Blick der Leute aushalten, die mich nicht verstehen, die Einsamkeit, die Klagen meiner Kinder. Doch ich denke, daß dies alles zum Leben gehört und daß der Preis, sich mit diesen kleinen Problemen auseinandersetzen zu müssen, viel geringer ist als der Preis, sie nicht als die unsrigen anzuerkennen.

Ich gedenke heute zu meinem Ex-Mann zu gehen, nur um ihm danke zu sagen. Was hältst du davon?«

»Nichts. Muß ich auch zu meinen Eltern gehen?«

»Möglicherweise. Im Grunde liegt die Schuld an allem, was in unserem Leben geschieht, bei uns. Viele Menschen haben die gleichen Schwierigkeiten durchgemacht wie wir, doch sie haben anders reagiert. Wir haben den einfachsten Weg gewählt: eine abgetrennte Realität.«

Eduard wußte, daß Mari recht hatte.

»Ich möchte noch einmal anfangen zu leben, Eduard. Möchte die Fehler begehen, die ich immer schon machen wollte, aber aus Feigheit nie begangen habe. Mich der Panik stellen, die wiederkommen kann, doch mich nur müde macht, denn ich werde ihretwegen weder sterben noch das Bewußtsein verlieren, das weiß ich genau. Ich kann neue Freunde finden und ihnen beibringen, verrückt zu sein, damit sie weise werden. Ich werde ihnen sagen, daß sie nicht die Anstandsregeln befolgen, sondern ihr eigenes Leben, Wünsche, Abenteuer entdecken und LEBEN sollen! Ich werde für die Katholiken aus den Sprüchen des Predigers Salomo zitieren, für die Moslems aus dem Koran, für die Juden aus der Thora, für die Atheisten aus den Texten des Aristoteles. Ich will nie wieder Anwältin sein, doch ich kann meine Erfahrung nutzen und Vorträge über Menschen halten, die die Wahrheit dieses Lebens kennengelernt haben und deren Schriften in einem einzigen Wort zusammengefaßt werden können: ›Lebe! Wenn du lebst, wird Gott mit dir leben. Wenn du dich weigerst, Seine Risiken einzugehen, wird Er in den fernen Himmel zurückkehren und nur noch das Thema für philosophische Spekulationen sein!‹

Jeder weiß das, doch niemand tut den ersten Schritt. Vielleicht aus Angst davor, daß man ihn für verrückt hält. Und diese Angst haben wir zumindest nicht mehr, Eduard. Wir haben Villete hinter uns.«

»Wir können nur nicht für den Posten eines Präsidenten der Republik kandidieren. Die Opposition würde unsere Vergangenheit ausschlachten.«

Mari lachte und stimmte ihm zu.

»Ich habe das Leben hier satt. Ich weiß nicht, ob ich meine Angst überwinden kann, aber ich habe die ›Bruderschaft‹ satt, diesen Garten, Villete, ich habe es satt, so zu tun, als wäre ich verrückt.«

»Und wenn ich's tue, tust du's dann auch?«

»Du wirst es nicht tun.«

»Ich habe es vor ein paar Minuten beinahe getan.«

»Ich weiß nicht. Ich habe dies alles so satt, aber ich bin es gewöhnt.«

»Als ich hier mit der Diagnose Schizophrenie eingeliefert wurde, hast du dich tagelang, monatelang um mich gekümmert und mich immer wie ein menschliches Wesen behandelt. Ich habe mich auch an das Leben gewöhnt, das ich zu leben beschlossen hatte, an die andere Realität, die ich geschaffen habe, doch du hast es nicht zugelassen. Ich habe dich schon manchmal dafür gehaßt, doch heute liebe ich dich dafür. Ich möchte, daß du Villete verläßt, Mari, so wie ich aus meiner abgetrennten Welt herausgekommen bin.«

Mari entfernte sich wortlos.

In der kleinen, nie besuchten Bibliothek von Villete fand Eduard weder den Koran noch Aristoteles noch die anderen Philosophen, die Mari erwähnt hatte. Doch da war der Text eines Dichters:

Daher sagte ich zu mir: Das Schicksal des
Unvernünftigen wird auch meines sein.
Geh, iß dein Brot in Freuden
Und genieße deinen Wein,
Denn Gott hat deine Werke angenommen.
Laß stets weiß sein deine Kleider,
Und laß es auch auf deinem Kopf an Parfüm nicht mangeln.
Genieße das Leben mit der geliebten Frau
An allen den eitlen Tagen, die Gott dir
Unter der Sonne zugesteht.
Denn dies ist dein Anteil am Leben
Und an der Arbeit, die du unter der Sonne tust.
Folge den Wegen deines Herzens
Und dem Wunsch deiner Augen,
Und wisse, daß Gott am Ende mit dir abrechnen wird.

»Gott wird am Ende mit dir abrechnen«, sagte Eduard laut. »Und ich werde sagen: Eine Zeitlang habe ich dem Wind zugeschaut und habe vergessen zu säen, ich habe meine Tage nicht genossen, nicht einmal den Wein getrunken, der mir angeboten wurde. Doch eines Tages hielt ich die Stunde für gekommen, um zu meiner Arbeit zurückzukehren. Ich habe den Menschen von meinen Visionen des Paradieses erzählt, wie vor mir Bosch, Van Gogh, Wagner, Beethoven, Einstein und andere Verrückte. Gut. Er wird sagen, daß ich die Anstalt verlassen habe, weil ich nicht zusehen wollte, wie ein Mädchen starb. Doch sie wird dort im Himmel sein und für mich eintreten.«

»Was sagen Sie da?« unterbrach ihn die Bibliothekarin.

»Ich will Villete jetzt verlassen«, antwortete Eduard lauter als gewöhnlich. »Ich habe zu tun.«

Die Angestellte drückte auf eine Klingel, und kurz darauf erschienen die Krankenpfleger.

»Ich will raus«, wiederholte Eduard erregt. »Es geht mir gut, lassen Sie mich mit Dr. Igor reden.«

Doch die beiden Männer hatten ihn schon gepackt, jeder an einem Arm. Eduard versuchte sich loszureißen, obwohl er von vornherein wußte, daß es zwecklos war.

Trotzdem begann er sich zu wehren.

»Lassen Sie mich mit Dr. Igor sprechen. Ich habe ihm viel zu sagen, ich bin sicher, er wird mich anhören.«

»Sie haben eine Krise, beruhigen Sie sich«, sagte einer. »Wir kümmern uns darum.«

»Lassen Sie mich los!« schrie er. »Lassen Sie mich nur eine Minute mit ihm reden.«

Der Weg in die Krankenstation führte mitten durch den Aufenthaltsraum. Als der um sich schlagende Eduard an den versammelten Patienten vorbeigeführt wurde, kam Unruhe auf.

»Laßt ihn los! Er ist verrückt.«

Einige lachten, andere schlugen mit den Händen auf Tische und Stühle.

»Das hier ist ein Irrenhaus! Niemand hier muß sich so aufführen wie ihr!«

»Wir müssen ihnen einen Schrecken einjagen, sonst gerät die Lage völlig aus dem Ruder«, flüsterte der eine Pfleger dem anderen zu.

»Da gibt es nur eins.«

»Dr. Igor wird das gar nicht gefallen.«

»Es wird ihm noch weniger gefallen, wenn die Irren ihm seine geliebte Anstalt kurz und klein schlagen.«

Veronika schreckte schweißgebadet hoch. Draußen herrschte großer Lärm, und sie brauchte Stille, um weiterzuschlafen. Doch der Radau ging weiter.

Sie stand etwas wacklig auf, ging zum Aufenthaltsraum und sah gerade noch, wie Eduard weggeschleppt wurde, während noch mehr Krankenpfleger eilig mit fertig aufgezogenen Spritzen angelaufen kamen.

»Was machen Sie da?« rief sie.

»Veronika!«

Der Schizophrene hatte mit ihr gesprochen! Er hatte ihren Namen gesagt! Halb verwirrt, halb überrascht versuchte sie sich zu nähern, doch einer der Krankenpfleger hinderte sie daran.

»Was soll das? Ich bin nicht hier, weil ich verrückt bin! Sie dürfen mich nicht so behandeln!«

Sie stieß den Krankenpfleger weg, während die anderen Insassen schrien und ein solches Tohuwabohu aufführten, daß ihr angst und bange wurde.

»Veronika!«

Er hatte ihren Namen noch einmal gesagt. Mit übermenschlicher Anstrengung gelang es Eduard, sich von den zwei Männern zu befreien. Anstatt wegzulaufen, blieb er stehen, genau wie in der vorangegangenen Nacht. Wie durch Zauberhand waren alle plötzlich still und warteten auf das, was nun geschehen würde.

Einer der Krankenpfleger kam wieder auf ihn zu, doch Eduard blickte ihn bloß an.

»Ich komme mit Ihnen. Ich weiß, wohin Sie mich bringen wollen, und auch, daß Sie wollen, daß alle es wissen. Warten Sie einen Moment.«

Der Krankenpfleger entschied, daß es lohnte, das Risiko einzugehen. Schließlich schien alles wieder normal zu sein.

»Ich glaube, daß du … ich glaube, daß du wichtig für mich bist«, sagte Eduard zu Veronika.

»Du kannst nicht sprechen. Du lebst nicht in dieser Welt, du weißt nicht, daß ich Veronika heiße. Du warst gestern nacht nicht bei mir, bitte sag, daß du es nicht warst!«

»Und wie ich da war!«

Sie nahm seine Hand. Die Verrückten schrien, applaudierten, brüllten Obszönitäten.

»Wohin bringen sie dich?«

»Zu einer Behandlung.«

»Ich gehe mit dir.«

»Besser nicht. Es wird dich erschrecken. Auch wenn ich dir versichere, daß es nicht weh tut, man spürt überhaupt nichts. Es ist viel besser als Beruhigungsmittel, weil der Verstand schnell wieder klar wird.«

Veronika wußte nicht, wovon er redete. Sie bereute es, seine Hand gepackt zu haben, wollte so schnell wie möglich gehen, ihr Gefühl der Scham verbergen, diesen Mann nie wiedersehen, der ihre niedrigsten Regungen erlebt hatte und sie dennoch voller Zärtlichkeit behandelte.

Sie erinnerte sich wieder an Maris Worte: Sie brauchte über ihr Leben keine Rechenschaft abzugeben, auch nicht dem jungen Mann vor ihr.

»Ich gehe mit dir.«

Die Krankenpfleger fanden, daß das womöglich auch besser war, denn so mußten sie den Schizophrenen nicht mehr zwingen. Er ging freiwillig mit.

Als sie im Schlafsaal ankamen, legte sich Eduard aus freien Stücken aufs Bett. Zwei Männer warteten schon mit einer merkwürdigen Maschine und einer Tasche mit Stoffbahnen auf ihn.

Eduard wandte sich an Veronika und bat sie, sich auf das Nebenbett zu setzen.

»In ein paar Minuten wird die Geschichte in ganz Villete die Runde machen. Und die Leute werden sich beruhigen, weil selbst in der größten Verrücktheit immer noch ein bißchen Angst schlummert. Nur wer dies schon durchgemacht hat, weiß, daß es so schlimm nun auch wieder nicht ist.«

Die Krankenpfleger trauten ihren Ohren kaum. Es mußte wahnsinnig weh tun – doch niemand konnte wissen, was im Kopf eines Verrückten vor sich ging. Das einzig Vernünftige, was der Junge gesagt hatte, betraf die Angst. Die Geschichte würde in ganz Villete die Runde machen, und es würde schnell wieder Ruhe einkehren.

»Sie haben sich zu früh hingelegt«, sagte einer von ihnen.

Eduard stand wieder auf, und sie legten eine Art Gummidecke aus. »Jetzt können Sie sich wieder hinlegen.«

Er gehorchte. Er war ruhig, als wäre das nur eine Routineangelegenheit.

Die Krankenpfleger zurrten die Stoffbahnen um Eduards Körper fest und steckten ihm einen Gegenstand aus Gummi in den Mund.

»Das ist, damit er sich nicht aus Versehen in die Zunge beißt«, erklärte einer der Männer Veronika, sichtlich zufrieden, die Warnung mit einer technischen Information verbinden zu können.

Sie stellten die merkwürdige Maschine, die nicht viel größer war als ein Schuhkarton, mit ein paar Knöpfen und drei Zifferblättern mit Zeigern auf den Stuhl neben das Bett. Zwei Drähte kamen aus dem oberen Teil heraus und endeten in etwas Kopfhörerähnlichem.

Einer der Krankenpfleger setzte die Kopfhörer auf Eduards Schläfen. Der andere schien den Mechanismus zu regulieren, indem er erst ein paar Knöpfe nach rechts, dann nach links drehte. Obwohl Eduard wegen des Gummigegenstandes nicht sprechen konnte, sah er Veronika in die Augen und schien zu sagen: »Mach dir keine Sorgen, erschrick nicht.«

»Ist auf 130 Volt und 0,3 Sekunden eingestellt«, sagte der Krankenpfleger, der sich um die Maschine kümmerte. »Los!«

Er drückte auf einen Knopf, und die Maschine summte. In diesem Augenblick wurden Eduards Augen glasig, sein Körper bäumte sich im Bett so heftig auf, daß Eduard, wenn er nicht mit den Stoffbahnen festgebunden gewesen wäre, die Wirbelsäule hätte brechen können.

»Hört auf damit!« schrie Veronika.

»Wir haben ja schon aufgehört«, antwortete der Krankenpfleger, während er Eduard die Kopfhörer abnahm. Dennoch wand sich der Körper immer noch, und der Kopf schaukelte so heftig von einer Seite zur anderen, daß einer der Männer ihn schließlich festhielt. Der andere steckte den Apparat in eine Tasche und setzte sich hin, um eine Zigarette zu rauchen.

Diese Szene hatte ein paar Minuten gedauert. Der Körper kehrte wieder zur Normalität zurück, und dann begannen die Krämpfe wieder, während einer der Krankenpfleger sich doppelt anstrengte, um Eduards Kopf festzuhalten. Ganz allmählich nahmen die Kontraktionen ab, bis sie schließlich ganz aufhörten. Eduard hatte die Augen geöffnet, und einer der Männer schloß sie wie bei einem Toten.

Dann zog er den Gummigegenstand aus dem Mund des jungen Mannes, band ihn los und steckte die Stoffbahnen in die Tasche, in der sich schon der Apparat befand.

»Der Elektroschock wirkt eine Stunde«, sagte er zum Mädchen, das nun nicht mehr schrie und von dem, was sie sah, wie hypnotisiert war. »Es ist alles in Ordnung, er kommt gleich wieder zu sich und wird dann ruhiger sein.«

Als ihn der Elektroschock erreichte, fühlte Eduard, was er schon die Male zuvor erlebt hatte: Das Gesichtsfeld engte sich ein, als würde ein Vorhang geschlossen, bis alles ganz verschwand. Es gab weder Schmerz noch Leiden, doch er hatte schon zugesehen, wenn andere Verrückte mit Elektroschocks behandelt wurden, und wußte, wie grauenhaft es wirkte.

Eduard spürte jetzt Frieden. Wenn er Augenblicke zuvor eine Art neues Gefühl in seinem Herzen gespürt hatte, wenn er zu begreifen begann, daß Liebe nicht nur war, was ihm seine Eltern gaben, dann würde der Elektroschock – oder die Elektrokonvulsive Therapie – ihn ganz gewiß wieder in die Normalität zurückkehren lassen.

Die Wirkung des Elektroschocks lag hauptsächlich darin, daß er vergessen ließ, was sich im Kurzzeitgedächtnis befand. Eduard konnte keine unmöglichen Träume hegen. Er konnte nicht in eine nicht vorhandene Zukunft blicken. Seine Gedanken mußten sich auf die Vergangenheit richten, sonst würde er am Ende wieder zurück ins Leben wollen.

Um ein Uhr mittags kam Zedka in die beinahe menschenleere Krankenstation. Es war nur das Bett belegt, in dem der junge Mann lag. Und auf einem Stuhl saß die junge Frau.

Als sie näher kam, sah sie, daß die junge Frau sich erneut übergeben hatte und ihr Kopf nach unten hing und hin- und herpendelte.

Zedka wollte schon Hilfe holen, doch Veronika hob den Kopf.

»Es ist nichts«, sagte sie. »Ich hatte wieder einen Anfall, doch er ist schon vorbei.«

Zedka führte sie liebevoll ins Bad.

»Das ist das Bad für die Männer«, sagte das Mädchen.

»Es ist niemand da, mach dir keine Sorgen.«

Sie zog ihr den nassen Pullover aus, wusch ihn und legte ihn auf die Heizung. Dann zog sie ihre Wollbluse aus und gab sie Veronika.

»Behalte sie. Ich war gekommen, um mich zu verabschieden.«

Das Mädchen schien geistesabwesend zu sein, als würde

sie nichts mehr interessieren. Zedka führte sie wieder zu dem Stuhl, auf dem sie gesessen hatte.

»Eduard wird bald wieder aufwachen. Vielleicht wird es ihm schwerfallen, sich an das zu erinnern, was geschehen ist, doch das Gedächtnis wird schnell wieder zurückkehren. Erschrick nicht, wenn er dich im ersten Augenblick nicht erkennt.«

»Tu ich nicht«, antwortete Veronika. »Denn ich erkenne mich selber nicht mehr.«

Zedka zog einen Stuhl heran, setzte sich neben sie. Sie war so lange in Villete gewesen, daß es nun auch nichts mehr ausmachte, wenn sie ein paar Minuten bei diesem Mädchen blieb.

»Erinnerst du dich an unsere erste Begegnung? Damals habe ich dir eine Geschichte erzählt, um dir zu erklären, daß die Welt genauso ist, wie wir sie sehen. Alle fanden, daß der König verrückt war, weil er eine Ordnung wollte, die in den Köpfen seiner Untertanen nicht mehr vorhanden war.

Es gibt allerdings Dinge im Leben, die bleiben dieselben, wie auch immer wir sie betrachten. Und das gilt für alle Menschen. Wie beispielsweise die Liebe.«

Zedka bemerkte, daß sich Veronikas Blick verändert hatte. Sie beschloß fortzufahren.

»Ich würde sagen, wenn einem Menschen nur wenig Zeit zum Leben bleibt und er beschließt, den Rest seines Lebens an einem Bett zu sitzen und einen schlafenden Mann anzuschauen, dann ist Liebe im Spiel. Ich würde noch mehr sagen: Wenn dieser Mensch dabei einen Herzanfall hat und nichts sagt, nur damit er diesen Mann nicht verlassen muß, dann zeigt das, daß diese Liebe noch viel größer werden kann.«

»Es könnte auch Verzweiflung sein«, sagte Veronika, »der Versuch zu beweisen, daß es letztlich keinen Grund gibt, unter der Sonne weiterzukämpfen. Ich kann nicht in einen Mann verliebt sein, der in einer anderen Welt lebt.«

»Ein jeder von uns lebt in seiner eigenen Welt. Doch wenn du in den gestirnten Himmel blickst, dann siehst du, daß all diese verschiedenen Welten sich zu Konstellationen, Sonnensystemen, Galaxien verbinden.«

Veronika stand auf und trat ans Kopfende von Eduards Bett. Zärtlich strich sie ihm durchs Haar. Sie war glücklich, daß sie jemanden hatte, mit dem sie reden konnte.

»Vor vielen Jahren, als ich noch ein Kind war, hat mich meine Mutter gezwungen, Klavierspielen zu lernen. Ich sagte mir, daß ich das nur können würde, wenn ich verliebt wäre. Gestern nacht habe ich das erste Mal in meinem Leben gespürt, wie die Töne aus meinen Fingern kamen, als hätte ich keine Kontrolle über das, was ich tat.

Mich leitete eine Kraft, formte Melodien und Akkorde, von denen ich nie geglaubt hatte, daß ich sie einmal würde spielen können. Ich habe mich dem Klavierspiel hingegeben, wie ich mich zuvor diesem Mann hingegeben habe, ohne daß er auch nur ein Haar von mir berührt hätte. Gestern war ich nicht ich selber, weder als ich mich dem Sex hingegeben, noch als ich Klavier gespielt habe. Und dennoch denke ich, daß ich ich selber war.

Nichts, was ich da sage, macht einen Sinn«, meinte Veronika kopfschüttelnd.

Zedka erinnerte sich an all die Wesen, denen sie im Raum

begegnet war und die in anderen Dimensionen schwebten. Sie wollte Veronika davon erzählen, doch dann fürchtete sie, sie noch mehr durcheinanderzubringen.

»Bevor du noch einmal sagst, daß du sterben wirst, möchte ich dir etwas sagen: Es gibt Menschen, die verbringen ihr ganzes Leben mit der Suche nach einem Augenblick wie dem, den du gestern erlebt hast, und erreichen ihn nicht. Deshalb stirb, wenn du denn sterben mußt, mit einem Herzen voller Liebe.«

Zedka stand auf.

»Du hast nichts zu verlieren. Viele Menschen erlauben sich gerade aus diesem Grund, nicht zu lieben, weil zu viel, viel Zukunft und Vergangenheit auf dem Spiel stehen. In deinem Fall gibt es nur die Gegenwart.«

Sie kam näher und gab Veronika einen Kuß.

»Wenn ich noch länger hierbleibe, dann gehe ich überhaupt nicht mehr weg. Ich bin zwar von meiner Depression geheilt, aber ich habe in mir andere Formen von Verrücktheit entdeckt. Ich will sie mit mir nehmen und beginnen, das Leben mit meinen eigenen Augen zu sehen.

Als ich hierherkam, war ich eine depressive Frau. Heute bin ich verrückt und stolz darauf. Draußen werde ich mich genauso verhalten wie die anderen. Ich werde im Supermarkt einkaufen, mit meinen Freundinnen tratschen, eine Menge Zeit vor dem Fernseher vertrödeln. Doch ich weiß, daß meine Seele frei ist, und ich kann von anderen Welten träumen und mit ihnen sprechen, von denen ich, bevor ich hierherkam, keine Ahnung hatte.

Ich werde mir die eine oder andere Dummheit leisten, nur damit die Leute sagen: Die war in Villete! Doch ich weiß, daß meine Seele vollständig sein wird, weil mein Leben einen Sinn hat. Ich kann einen Sonnenuntergang anschauen und daran glauben, daß Gott dahintersteht. Wenn jemand mir zu sehr auf die Nerven geht, werde ich irgend etwas Unmögliches sagen und mich nicht darum scheren, was die anderen denken, denn alle werden ja sagen: Die war in Villete!

Ich werde die Männer auf der Straße ansehen, ihnen in die Augen blicken und mich nicht schämen, wenn ich mich von ihnen begehrt fühle. Doch dann werde ich in einen Laden mit Importgütern gehen und die besten Weine kaufen, die mein Geldbeutel mir erlaubt, und werde sie mit einem Ehemann trinken, den ich liebe und mit dem ich wieder lachen will.

Und er wird lachend zu mir sagen: Du bist verrückt! Und ich werde antworten: Na klar, ich war in Villete! Und die Verrücktheit hat mich befreit. Jetzt, mein geliebter Mann, wirst du jedes Jahr Urlaub nehmen und mit mir in irgendwelche gefährlichen Berge fahren, denn ich muß das Risiko spüren, am Leben zu sein.

Die Leute werden sagen: Die war in Villete und macht jetzt auch noch ihren Mann verrückt! Und er wird begreifen, daß die Leute recht haben, und Gott dafür danken, daß unsere Ehe jetzt beginnt und wir verrückt sind.«

Zedka ging hinaus und trällerte dabei eine Melodie, die Veronika zuvor noch nie gehört hatte.

Der Tag war zwar anstrengend gewesen, aber es hatte sich gelohnt. Dr. Igor versuchte gelassen zu bleiben, wie es sich für einen Wissenschaftler gehörte, doch er konnte seine Begeisterung kaum für sich behalten: Die Tests für die Heilung der Vitriolvergiftung lieferten überraschende Ergebnisse.

»Sie haben heute keinen Termin«, sagte er zu Mari, die ohne anzuklopfen eingetreten war.

»Es geht ganz schnell. Eigentlich wollte ich Sie nur kurz um Ihre Meinung fragen.«

›Heute scheinen alle nur kurz etwas von mir wissen zu wollen‹, sagte er sich und mußte an die junge Frau und ihre Frage zum Sex denken.

»Eduard hat gerade einen Elektroschock erhalten.«

»Elektrokonvulsive Therapie. EKT. Nennen Sie es bitte beim korrekten Namen, sonst könnte man meinen, wir seien ein Verein von Barbaren.« Dr. Igor konnte seine Überraschung fürs erste überspielen, doch anschließend würde er nachfragen, wer das angeordnet hatte. »Und wenn Sie meine Meinung dazu wissen wollen, dann muß ich Sie dahin gehend aufklären, daß die EKT heute nicht mehr so wie früher angewendet wird.«

»Aber es ist doch gefährlich.«

»Es war gefährlich, früher, als weder die genaue Voltzahl bekannt war noch die Stellen, an denen die Elektroden angesetzt werden müssen. Viele Menschen sind während der

Behandlung an Gehirnblutung gestorben. Doch heute ist das anders: Die EKT wird wieder angewandt, unter besseren technischen Voraussetzungen, und hat zudem den Vorteil, umgehend eine Amnesie hervorzurufen und die Vergiftung durch langfristige Medikamenteneinnahme zu vermeiden. Sie können das in psychiatrischen Fachzeitschriften nachlesen. Und verwechseln Sie bitte die EKT nicht mit den Elektroschocks der südamerikanischen Folterer!

So. Sie haben meine Meinung erfahren. Jetzt muß ich mich wieder an meine Arbeit machen.«

»Das wollte ich überhaupt nicht wissen. Eigentlich wollte ich wissen, ob ich die Anstalt verlassen darf.«

»Sie können sie verlassen, wann Sie wollen, und zurückkehren, wann Sie wollen, weil Ihr Mann noch genügend Geld hat, um Ihnen den Aufenthalt an einem Ort wie diesem zu finanzieren. Vielleicht sollten Sie mich besser fragen: Bin ich geheilt? Und meine Antwort wird dann sein: Wovon geheilt?

Sie werden sagen: von meiner Angst, von meinem Paniksyndrom. Und ich werde antworten: Liebe Mari, das sind Sie schon seit drei Jahren.«

»Dann bin ich also geheilt?«

»Selbstverständlich nicht. Denn das ist überhaupt nicht Ihr Leiden. In dem Aufsatz, an dem ich gerade arbeite und den ich der Akademie der Wissenschaften Sloweniens vorlegen möchte (Dr. Igor wollte jetzt nichts Genaueres über das Vitriol sagen), versuche ich das sogenannte ›normale‹ menschliche Verhalten zu untersuchen. Viele Ärzte vor mir haben diese Untersuchung bereits gemacht und sind zum Schluß gekommen, daß die Normalität nur eine Frage des

Konsenses ist. Oder besser gesagt, wenn viele Menschen glauben, daß etwas richtig ist, dann wird es richtig.

Es gibt Dinge, die vom gesunden Menschenverstand bestimmt werden: Daß man die Knöpfe an einem Hemd vorn anbringt, ist eine Frage der Logik, denn es wäre sehr viel schwieriger, es seitlich oder gar auf dem Rücken zuzuknöpfen.

Andere Dinge jedoch setzen sich durch, weil immer mehr Menschen glauben, sie müßten so sein. Ich werde Ihnen zwei Beispiele nennen: Haben Sie sich jemals gefragt, warum die Buchstaben auf den Tasten einer Schreibmaschine in der bekannten Ordnung verteilt wurden?«

»Nein.«

»Wir können die Tastatur QWERTY nennen, denn die Buchstaben in der ersten Reihe sind so angeordnet. Ich habe mich gefragt, warum das so ist, und die Antwort gefunden: Die erste Maschine wurde 1873 von Christopher Scholes erfunden, damit die Leute schöner schreiben konnten. Doch dabei gab es ein Problem. Wenn man sehr schnell auf der Maschine schrieb, verhedderten sich die Typen und blokkierten die Maschine. Da entwarf Scholes die QWERTY-Tastatur, eine Tastatur, die die Schreiber zwang, langsam zu schreiben.«

»Das glaube ich nicht.«

»Es stimmt trotzdem. Die Firma Remington, die damals Nähmaschinen produzierte, benutzte die QWERTY-Tastatur für die ersten Schreibmaschinen.

Wollten die Leute mit der Maschine schreiben, mußten sie sich an dieses System gewöhnen. Als später andere Firmen Maschinen mit dieser Tastatur herstellten, wurde sie zur Normtastatur. Ich wiederhole: Die Tastatur der Maschinen und der Computer wurde entworfen, damit man langsamer schrieb und nicht schneller, verstehen Sie? Versuchen Sie einmal, die Buchstaben anders anzuordnen, und Sie werden keinen Käufer für Ihr Produkt finden.«

Als Mari zum ersten Mal eine Tastatur gesehen hatte, hatte sie sich zwar gefragt, warum die Buchstaben nicht alphabetisch angeordnet waren. Doch sie hatte nie nach dem Grund gefragt, weil sie glaubte, daß dies die beste Anordnung war, um schnell schreiben zu können.

»Waren Sie schon einmal in Florenz?« fragte Dr. Igor.

»Nein.«

»Da sollten Sie einmal hinfahren, es ist nicht weit, und dort befindet sich mein zweites Beispiel. In der Kirche Santa Maria del Fiore in Florenz gibt es eine wunderschöne Uhr, die Paolo Uccello 1443 entworfen hat. Allerdings hat es mit dieser Uhr eine besondere Bewandtnis: Sie zeigt wie alle anderen Uhren auch die Stunden an, doch ihre Zeiger bewegen sich gegen unseren Uhrzeigersinn.«

»Und was hat das mit meiner Krankheit zu tun?«

»Dazu komme ich gleich. Paolo Uccello wollte nicht originell sein, als er diese Uhr schuf. Es gab damals solche Uhren und andere, deren Zeiger sich in unserem heutigen Uhrzeigersinn bewegten. Aus einem unbekannten Grund, möglicherweise, weil der Herzog eine Uhr besaß, deren Zeiger sich nach rechts bewegten wie bei unseren heutigen Uhren, hat diese sich durchgesetzt, und Uccellos Uhr wurde zu einer Abweichung, einer Verrücktheit.«

Dr. Igor hielt inne. Doch er wußte, daß Mari seinem Gedankengang folgte.

»Nun zu Ihrer Krankheit. Jeder Mensch ist einmalig und einzigartig, mit seinen Eigenschaften, Trieben, Begierden und Abenteuern. Doch die Gesellschaft zwingt ihm ein kollektives Verhaltensmuster auf, und die Menschen fragen sich immer wieder, wieso sie sich so und nicht anders verhalten sollen. Doch letztlich nehmen sie es genauso hin wie die Daktylographen die QWERTY-Tastatur. Ist Ihnen jemals jemand begegnet, der Sie gefragt hätte, warum die Uhrzeiger sich in die eine und nicht in die andere Richtung bewegen?«

»Nein.«

»Sie würden jemanden, der Sie das fragt, wahrscheinlich für verrückt halten, ihn mit irgendeiner Antwort abspeisen und anschließend das Thema wechseln.

Nun zu Ihrer Frage. Stellen Sie sie noch einmal!«

»Bin ich geheilt?«

»Nein. Sie sind jemand, der anders ist und den anderen gleichen möchte. Das ist meiner Meinung nach eine schwere Krankheit.«

»Ist es schlimm, anders zu sein?«

»Es ist schlimm, sich zu zwingen, wie die anderen zu sein. Das führt zu Neurosen, Psychosen, Paranoia. Es ist schlimm, wie die anderen sein zu wollen, weil das bedeutet, der Natur Gewalt anzutun, den Gesetzen Gottes zuwiderzuhandeln, der in allen Wäldern der Welt kein Blatt geschaffen hat, das dem anderen gleicht. Doch Sie finden, daß es Wahnsinn ist, anders zu sein, und haben deshalb Villete ausgesucht, um zu leben. Weil hier alle anders sind und Sie daher so sind wie die anderen. Haben Sie mich verstanden?«

Mari nickte.

»Weil sie nicht den Mut haben, anders zu sein, handeln Menschen gegen ihre Natur, und der Körper beginnt Vitriol zu produzieren – oder Bitterkeit, wie dieses Gift gemeinhin genannt wird.«

»Was ist Vitriol?«

Dr. Igor merkte, daß er sich zu sehr hatte mitreißen lassen, und beschloß, das Thema zu wechseln.

»Was Vitriol ist, tut hier nichts zur Sache. Was ich damit sagen wollte, ist folgendes: Alles weist darauf hin, daß Sie nicht geheilt sind.«

Mari konnte auf eine jahrelange Gerichtserfahrung zurückblicken und fand, daß der Augenblick gekommen war, sie anzuwenden. Die erste Taktik bestand darin, daß man so tat, als stimme man seinem Gegner zu, um ihn anschließend mit einem anderen Gedankengang zu übertölpeln.

»Ich bin ganz Ihrer Meinung. Ich bin aus einem ganz konkreten Grund hierhergekommen – dem Paniksyndrom – und aus einem sehr abstrakten Grund geblieben: der Unfähigkeit, ein anderes Leben ohne Arbeit und ohne Ehemann in Angriff zu nehmen. Ich bin ganz Ihrer Meinung: Ich hatte die Lust daran verloren, ein neues Leben zu beginnen, an das ich mich hätte gewöhnen müssen. Und ich gehe noch weiter: Ich finde, daß eine psychiatrische Anstalt auch mit Elektroschocks – Verzeihung, EKT, wie Sie es zu nennen belieben –, mit ihren festen Zeiten, den hysterischen Anfällen einiger Insassen, den Regeln leichter zu ertragen ist als die Welt mit ihren Gesetzen, die, wie Sie sagen, alles tun, um Gleichheit zu erzeugen.

Nun habe ich gestern nacht eine Frau Klavier spielen hören. Sie spielte meisterhaft. So habe ich selten jemanden spielen hören. Während ich die Stücke anhörte, dachte ich an alle, die gelitten haben, um diese Sonaten, Preludien, Adagios zu komponieren, daran, wie sie ausgelacht wurden, wenn sie ihre Stücke – die anders waren – denen vorspielten, die in der Musikwelt das Sagen hatten. An die Schwierigkeiten und die Erniedrigungen, um jemanden zu finden, der ein Orchester finanzierte. An die Buhrufe, die sie von einem Publikum erhielten, das derartige Harmonien noch nicht gewohnt war.

Die Komponisten mögen es schwergehabt haben, doch diese junge Frau hat noch mehr gelitten, denn sie wußte, daß sie sehr bald sterben würde. Und ich, werde ich nicht auch sterben? Wo habe ich meine Seele gelassen, um die Musik *meines* Lebens mit der gleichen Begeisterung zu spielen?«

Dr. Igor hörte ihr schweigend zu. Was er gedacht hatte, schien aufzugehen. Doch es war noch zu früh, um Gewißheit zu haben.

»Wo ist meine Seele geblieben?« fragte Mari. »In meiner Vergangenheit. In der Vorstellung von dem, was ich als mein Leben ansah. Meine Seele war in dem Augenblick gefangen, als ich ein Haus, einen Ehemann, eine Anstellung hatte, von der ich mich befreien wollte, jedoch nie den Mut hatte, es zu tun.

Meine Seele befand sich in der Vergangenheit. Doch heute ist sie hier angelangt, und ich fühle sie wieder voller Begeisterung in meinem Körper. Ich weiß nicht, was ich jetzt tun soll. Ich weiß nur, daß ich drei Jahre gebraucht habe, um zu begreifen, daß das Leben mich auf einen anderen Weg drängte, den ich nicht gehen wollte.«

»Ich glaube, ich sehe Anzeichen einer Besserung«, sagte Dr. Igor.

»Ich hätte nicht darum bitten müssen, Villete zu verlassen. Ich hätte einfach nur durch das Tor hinausgehen und nie wieder kommen können. Ich mußte es aber jemandem sagen, und darum sage ich's Ihnen: Der Tod dieses Mädchens hat mich mein Leben begreifen lassen.«

»Mir scheint, diese Anzeichen einer Besserung verwandeln sich in eine Wunderheilung«, lachte Dr. Igor. »Und was wollen Sie nun tun?«

»Nach El Salvador gehen und mich um die Straßenkinder kümmern.«

»Sie brauchen nicht so weit weg zu gehen, weniger als zweihundert Kilometer entfernt liegt Sarajewo. Der Krieg ist zu Ende, doch die Probleme gehen weiter.«

»Dann gehe ich nach Sarajewo.«

Dr. Igor holte ein Formular aus der Schublade, füllte es sorgfältig aus. Dann erhob er sich und geleitete Mari zur Tür.

»Gehen Sie mit Gott«, sagte er, kehrte in sein Arbeitszimmer zurück und schloß sogleich die Tür. Es mißfiel ihm, wenn er seine Patienten liebgewann, doch verhindern konnte er es nie. Mari würde in Villete fehlen.

Als Eduard die Augen öffnete, war die junge Frau noch da. Während seiner ersten Elektroschocks hatte er anschließend immer viel Zeit damit verbracht zu versuchen, sich an das zu erinnern, was vorher geschehen war. Darin lag ja auch gerade der erwünschte therapeutische Effekt, nämlich eine partielle Amnesie zu erzeugen, damit der Kranke das Problem vergaß, das ihn bedrängte, und er sich beruhigte.

Doch je häufiger er Elektroschocks bekam, desto kürzer hielt die Wirkung an. Er erkannte die junge Frau sofort.

»Du hast von den Visionen des Paradieses gesprochen, während du geschlafen hast«, sagte sie und strich ihm übers Haar.

Visionen des Paradieses? Ja, Visionen des Paradieses. Eduard blickte sie an. Er wollte ihr alles erzählen.

In diesem Augenblick kam jedoch eine Krankenschwester mit einer Spritze herein.

»Die ist für Sie«, sagte sie zu Veronika. »Anweisungen von Dr. Igor.«

»Ich habe aber heute schon eine gehabt, ich will keine zweite«, antwortete sie. »Ich bin auch nicht daran interessiert, hier rauszugehen. Ich werde keine Anordnung, keine Regel befolgen, nicht tun, wozu Sie mich zwingen.«

Die Krankenschwester schien diese Art Reaktion gewohnt zu sein.

»Dann müssen wir Ihnen leider ein Beruhigungsmittel geben.«

»Ich muß mit dir reden«, sagte Eduard. »Laß dir die Spritze geben.«

Veronika schob den Pulloverärmel hoch, und die Krankenschwester spritzte ihr das Mittel.

»Braves Mädchen«, sagte sie. »Hier ist es so düster. Warum gehen Sie nicht draußen etwas spazieren?«

»Schämst du dich noch wegen gestern abend?« fragte Eduard, während sie durch den Garten gingen.

»Erst habe ich mich geschämt. Jetzt bin ich stolz darauf. Ich möchte etwas über die Visionen des Paradieses wissen. Warum war ich kurz davor, eine zu sehen?«

»Dazu muß ich weit über die Gebäude von Villete hinweg in die Vergangenheit zurückschauen.«

»Tu das!«

Eduard blickte nicht auf die Mauern der Krankenstation oder in den Garten, in dem die Insassen schweigend herumspazierten, sondern zurück in die Vergangenheit zu einer Straße auf einem anderen Kontinent zu einem Ort, an dem es entweder viel regnete oder überhaupt nicht.

Eduard konnte den erdigen Geruch seiner früheren Heimat förmlich riechen – es war Trockenzeit, und der Staub drang in seine Nase, und er freute sich, weil der Geruch ihn belebte. Er war wieder siebzehn Jahre alt und mit seinem importierten Fahrrad auf dem Heimweg von der Amerikanischen Schule, die auch alle anderen Diplomatenkinder in Brasilia besuchten.

Er haßte Brasilia, doch er liebte die Brasilianer. Sein Vater war zwei Jahre zuvor zum Botschafter Jugoslawiens ernannt worden, zu einer Zeit, als niemand an die blutige Teilung des Landes dachte. Milosevic war noch an der Macht. Die Menschen lebten mit ihren Gegensätzen und versuchten, jenseits der regionalen Konflikte das Zusammenleben harmonisch zu gestalten.

Der erste Posten seines Vaters war ausgerechnet Brasilia. Eduard hatte von Stränden, von Karneval, Fußballspielen, Musik geträumt, doch er landete in dieser Hauptstadt fern der Küste, die nur für Politiker, Bürokraten, Diplomaten und deren Familien geschaffen worden war, die sich dort etwas verloren vorkamen.

Eduard haßte das Leben dort. Er vergrub sich ins Lernen, versuchte erfolglos, Freundschaft mit seinen Klassenkameraden zu schließen. Versuchte ebenso erfolglos, sich für Autos, Markenturnschuhe, Designerklamotten zu interessieren, die einzigen Gesprächsthemen unter den Jugendlichen.

Hin und wieder gab es Parties, bei denen sich die Jungen

auf der einen Seite des Raumes betranken und die Mädchen auf der anderen Seite so taten, als wären sie Luft. Drogen waren immer in Umlauf, und Eduard hatte praktisch alle schon ausprobiert. Doch keine hatte ihm zugesagt. Entweder wurde er davon zu aufgedreht oder zu schläfrig und verlor das Interesse an dem, was um ihn herum geschah.

Seine Eltern machten sich Sorgen. So konnte es nicht weitergehen, schließlich sollte Eduard in die Fußstapfen seines Vaters treten und ebenfalls Diplomat werden. Doch obwohl Eduard fast alle dazu notwendigen Talente besaß – Lerneifer, guten künstlerischen Geschmack, Sprachbegabung, Interesse an Politik –, fehlte ihm die unabdingbare Grundbegabung eines zukünftigen Diplomaten, nämlich Kontaktfreudigkeit.

Seine Eltern nahmen ihn mit zu festlichen Anlässen, ihr Haus stand seinen Schulkameraden offen, er erhielt ein gutes Taschengeld. Dennoch brachte Eduard selten jemanden mit. Eines Tages fragte seine Mutter ihn, weshalb er nie Freunde zum Essen mitbrachte.

»Ich kenne alle Turnschuhmarken, die Namen aller Mädchen, die man leicht ins Bett kriegt. Weiter haben wir uns nichts zu sagen.«

Bis diese Brasilianerin auftauchte. Der Botschafter und seine Frau waren beruhigt, als ihr Sohn anfing auszugehen, spät nach Hause zu kommen. Niemand wußte genau, woher sie gekommen war, doch eines Abends brachte Eduard sie zum Essen mit. Das Mädchen war wohlerzogen, und sie waren zufrieden. Ihr Junge schien endlich kontaktfreudiger zu werden. Außerdem enthob sie dieses Mädchen einer unausgesprochenen großen Sorge: Eduard war nicht homosexuell.

Sie nahmen Maria mit offenen Armen auf, wie künftige Schwiegereltern, obgleich sie wußten, daß Eduards Vater in zwei Jahren versetzt würde, und obwohl eine Schwiegertochter aus einem so exotischen Land für sie nicht in Frage kam. Ihrer Vorstellung nach sollte ihr Sohn ein Mädchen aus einer guten Familie in Frankreich oder Deutschland finden, die würdig die glänzende Diplomatenkarriere begleitete, für die der Vater ihm den Weg ebnete.

Eduard hingegen wirkte immer verliebter. Seine Mutter wandte sich besorgt an ihren Mann.

»Die Kunst der Diplomatie besteht darin, den Gegner hinzuhalten«, sagte der Botschafter. »Über die erste Liebe kommen viele nie hinweg, doch von Dauer ist sie trotzdem nie.«

Aber Eduard war wie verwandelt. Er brachte merkwürdige Bücher mit nach Hause, baute in seinem Zimmer eine Pyramide auf und brannte zusammen mit Maria jede Nacht Räucherstäbchen ab und saß mit ihr versunken vor einer an die Wand gehefteten merkwürdigen Zeichnung. Eduards schulische Leistungen wurden immer schlechter.

Seine Mutter verstand zwar kein Portugiesisch, sah jedoch die Bucheinbände: Kreuz, Feuer, aufgehängte Hexen, exotische Symbole.

»Unser Sohn liest gefährliche Sachen.«

»Gefährlich ist, was auf dem Balkan geschieht«, entgegnete der Botschafter. »Es gibt Gerüchte, daß die Provinz Slowenien die Unabhängigkeit will, und das kann uns in den Krieg führen.«

Die Mutter maß jedoch der Politik nicht die geringste Bedeutung zu. Sie wollte wissen, was mit ihrem Sohn los war.

»Warum verbrennen die immer Räucherstäbchen?«

»Um den Marihuanageruch zu überdecken«, sagte der Botschafter. »Unser Sohn hat gute Schulen besucht, er wird nicht glauben, daß diese parfümierten Stäbchen Geister anziehen.«

»Mein Sohn nimmt Drogen!«

»Das kommt vor. Ich habe auch Marihuana geraucht, als ich jung war, und irgendwann hat man genug davon, so wie auch ich irgendwann genug hatte.«

Die Frau war beruhigt und stolz: Ihr Mann hatte Erfahrung, er war im Drogenmilieu gewesen und war unversehrt wieder herausgekommen. Ein Mann mit so viel Willenskraft meisterte jede Situation.

Eines schönen Tages hatte Eduard einen besonderen Wunsch: Er wollte ein Fahrrad haben.

»Wir haben einen Fahrer und einen Mercedes. Wozu brauchst du ein Fahrrad?«

»Um näher an der Natur zu sein. Maria und ich werden zehn Tage wegfahren«, sagte er. »Es gibt hier in der Nähe eine Stelle mit unglaublichen Kristallvorkommen, und Maria meint, sie würden gute Energie übertragen.«

Vater und Mutter waren im Kommunismus erzogen worden. Kristalle waren nur Mineralien und gehorchten einer bestimmten Art der Anordnung von Atomen. Irgendeine wie auch immer geartete positive oder negative Energie strahlten sie nicht aus. Die Eltern hörten sich um und erfuhren, daß diese Ideen von »Kristallschwingungen« gerade in Mode kamen.

Wenn ihr Sohn bei einem ihrer offiziellen Empfänge dieses Thema anschnitt, könnten die anderen das lächerlich finden. Zum ersten Mal wurde dem Botschafter klar, daß die Lage sich zuspitzte. Brasilia war eine Stadt, die vom Klatsch lebte, und bald würden alle wissen, daß Eduard irgendwelchem primitiven Aberglauben anhing, und die Botschafterkollegen könnten meinen, er habe dies von seinen Eltern. Und Diplomatie war schließlich nicht allein die Kunst des Hinhaltens, sondern auch der Wahrung von Normalität um jeden Preis.

»Mein Sohn, so kann das nicht weitergehen«, sagte der Vater. »Ich habe in Jugoslawien Freunde im Außenministerium. Du hast eine brillante Diplomatenlaufbahn vor dir und mußt lernen, dich der Realität zu stellen.«

Eduard verließ das Haus und kam an dem Abend nicht wieder. Seine Eltern riefen bei Maria, in den Leichenhallen und Krankenhäusern an. Niemand wußte etwas. Die Mutter verlor das Vertrauen in die Qualitäten ihres Mannes als Familienoberhaupt. Sein hervorragendes Verhandlungsgeschick hatte hier offensichtlich nicht funktioniert. Am nächsten Tag tauchte Eduard hungrig und übernächtigt wieder auf. Er aß und ging auf sein Zimmer, steckte seine Räucherstäbchen an, betete seine Mantras, schlief den Rest des Nachmittags und die ganze Nacht. Als er aufwachte, wartete ein nagelneues Fahrrad auf ihn.

»Geh zu deinen Kristallen«, sagte die Mutter. »Ich werde das deinem Vater schon erklären.«

Und so machte sich Eduard an diesem trockenen, staubigen Nachmittag zu Marias Wohnung auf. Die Stadt war so perfekt entworfen (fanden die Architekten) oder so mißlungen (fand Eduard), daß es fast keine Ecken gab. Er fuhr rechts auf einem Fahrstreifen für hohe Geschwindigkeiten, blickte in den Himmel voller Wolken, die keinen Regen brachten, als er bemerkte, daß er mit ungeheurer Geschwindigkeit in diesen Himmel hinaufraste, um gleich darauf wieder herunterzusausen und sich auf dem Asphalt wiederzufinden.

KRACH!

›Ich hatte einen Unfall.‹

Er wollte sich umdrehen, weil sein Gesicht in den Asphalt gepreßt war, doch er merkte, daß er keine Kontrolle über seinen Körper hatte. Er hörte Bremsen quietschen, schreiende Menschen. Jemand kam und versuchte ihn zu berühren. Dann hörte er sofort den Ruf: »Den Verunglückten nicht anfassen! Wenn jemand ihn bewegt, kann er für den Rest seines Lebens zum Krüppel werden!«

Die Sekunden vergingen langsam, und Angst kroch in Eduard hoch. Im Gegensatz zu seinen Eltern glaubte er an Gott und an ein Leben nach dem Tod, trotzdem fand er es ungerecht, mit 17 Jahren in einem Land zu sterben, das nicht sein eigenes war, und dabei den Asphalt anzuschauen.

»Geht es Ihnen gut?« hörte er eine Stimme fragen.

Nein, es ging ihm nicht gut, er konnte sich weder bewegen noch etwas sagen. Das schlimmste war, daß er das Bewußtsein nicht verlor, genau wußte, was passierte. Warum wurde er nicht ohnmächtig? Hatte denn Gott kein Erbarmen mit ihm, gerade in einem Augenblick, da er Ihn allen Widrigkeiten zum Trotz und mit ganzer Seele suchte?

»Die Ärzte kommen jeden Augenblick«, flüsterte jemand und ergriff seine Hand. »Ich weiß nicht, ob Sie mich hören können, aber seien Sie ganz beruhigt. Es ist nichts Schlimmes.«

Ja, er konnte es hören, er hätte gern gewollt, daß dieser Mensch – es war ein Mann – weiterredete, ihm versicherte, daß es nichts Schlimmes war, obwohl er erwachsen genug war, um zu wissen, daß sie das immer sagten, wenn es besonders schlecht stand. Er dachte an Maria, an die Kristallberge voller positiver Energie – im Gegensatz zu Brasilia, das er in seinen Meditationen stets als die höchste Konzentration negativer Energie erfahren hatte.

Aus Sekunden wurden Minuten, Leute versuchten ihn zu trösten, und zum ersten Mal, seit er gestürzt war, spürte er Schmerzen. Einen heftigen Schmerz, der aus dem Zentrum seines Kopfes in seinen ganzen Körper ausstrahlte.

»Sie sind da«, sagte der Mann, der seine Hand hielt. »Morgen fahren Sie wieder Rad.«

Doch am nächsten Tag lag Eduard im Krankenhaus. Beide Beine und ein Arm waren eingegipst, und er mußte einen ganzen Monat so liegenbleiben und zuhören, wie seine Mutter den ganzen Tag lang schluchzte, sein Vater aufgeregte Telefonate führte, während die Ärzte nicht müde wurden zu wiederholen, daß die entscheidenden 24 Stunden überstanden seien und keine Gehirnverletzung vorliege.

Die Eltern riefen bei der amerikanischen Botschaft an, die, weil sie kein Vertrauen in die staatlichen Krankenhäuser hatte, über einen eigenen High-Tech-Unfalldienst sowie eine Liste brasilianischer Ärzte verfügte, die amerikanische

Diplomaten behandeln durften. Hin und wieder stellten die Amerikaner diese Dienste auch ihren Kollegen zur Verfügung.

Die Amerikaner brachten ihre Geräte, die auf dem allerneuesten Stand waren, machten zehnmal so viele Untersuchungen und neue Tests, die letztlich wie immer die Diagnosen und Therapien der staatlichen Krankenhausärzte bestätigten.

Die Ärzte des staatlichen Krankenhauses mochten gut sein, doch die brasilianischen Fernsehprogramme waren genauso schlecht wie anderswo auf der Welt, und Eduard langweilte sich. Maria kam immer seltener ins Krankenhaus – vielleicht hatte sie einen anderen Gefährten gefunden, der mit ihr zu den Kristallbergen fuhr.

Im Gegensatz zu seiner Freundin besuchten der Botschafter und seine Frau ihn täglich, doch sie weigerten sich, ihm seine portugiesischen Bücher mitzubringen, mit dem Argument, sie würden sowieso bald versetzt und er werde diese Sprache bald nicht mehr brauchen. Daher gab sich Eduard damit zufrieden, mit den anderen Kranken zu reden, mit den Krankenpflegern über Fußball zu debattieren und die eine oder andere Zeitschrift zu lesen, die ihm in die Hände fiel.

Bis ihm einer der Krankenpfleger ein Buch mitbrachte, das er geschenkt bekommen hatte, aber zu dick fand, um es zu lesen. Von diesem Augenblick an führte das Leben Eduard auf einen merkwürdigen Weg, der ihn am Ende nach Villete brachte, zur Abkehr von der Realität und vom Leben anderer junger Männer in seinem Alter.

Das Buch handelte von Visionären, die die Welt erschütterten, von Leuten, die eine eigene Vorstellung vom irdischen Paradies besaßen und ihr Leben der Aufgabe gewidmet hatten, sie mit andern zu teilen. Es handelte von Jesus Christus, doch auch von Darwin mit seiner Theorie, daß der Mensch vom Affen abstammt; von Freud, der versicherte, daß Träume wichtig seien; von Kolumbus, der das Geschmeide der Königin verpfändete, um einen neuen Kontinent zu suchen; von Marx mit seiner Vorstellung, daß alle die gleiche Chance verdienten.

Und da kamen Heilige vor wie Ignatius von Loyola, ein Baske, der mit allen Frauen geschlafen hatte, mit denen er hatte schlafen können, der in unzähligen Schlachten mehrere Feinde getötet hatte, bis er in Pamplona verwundet wurde und von seinem Krankenlager aus die Welt begriff; und Teresa von Avila, die den Weg Gottes unbedingt finden wollte und der dies erst gelang, als sie durch einen Korridor ging und unwillkürlich vor einem Bild stehenblieb. Antonius, der das Leben, das er führte, satt hatte und zehn Jahre lang mit den Dämonen in der Wüste lebte und jede Art von Versuchung durchstand; Franz von Assisi, ein junger Mann wie er, der entschlossen war, mit den Vögeln zu reden und das Leben hinter sich zu lassen, das seine Eltern für ihn vorgesehen hatten.

Eduard begann noch am selben Nachmittag, dieses »dicke Buch« zu lesen, weil er nichts anderes hatte, um sich zu zerstreuen. Mitten in der Nacht kam eine Krankenschwester herein und fragte ihn, ob er Hilfe brauche, da nur noch in seinem Zimmer Licht brannte. Eduard schickte sie mit einer Handbewegung weg, ohne vom Buch aufzuschauen.

Männer und Frauen, die die Welt erschüttert hatten. Ganz gewöhnliche Männer und Frauen wie er, sein Vater oder seine Freundin, von der er wußte, daß er sie verlieren würde, Menschen mit den gleichen Zweifeln und Sorgen wie alle anderen in ihrem vorprogrammierten Alltag. Menschen, die kein besonderes Interesse an Religion, Gott, Ausweitung des Geistes oder einem neuen Bewußtsein hatten, bis sie eines Tages beschlossen, alles zu verändern. Das Buch war besonders interessant, weil es erzählte, daß es in jedem dieser Leben einen magischen Augenblick gegeben hatte, der die Menschen auf die Suche nach ihrer eigenen Version des Paradieses aufbrechen ließ.

Menschen, die kein leeres Leben führen wollten und die, um das zu erreichen, was sie wollten, gebettelt oder Könige hofiert, Gesetzeswerke zerrissen oder den Zorn der Mächtigen ihrer Zeit herausgefordert hatten; Menschen, die mit Gewalt oder Diplomatie jede Schwierigkeit überwunden, genutzt und nie aufgegeben hatten.

Am nächsten Tag gab Eduard dem Krankenpfleger, der ihm das Buch geschenkt hatte, seine Golduhr und bat ihn, er möge sie verkaufen und ihm vom Erlös alle Bücher zu diesem Thema besorgen. Es gab keine. Er versuchte, die Biographien einiger dieser Menschen zu lesen, doch die beschrieben den Mann oder die Frau stets als einen erwählten, erleuchteten und nicht als einen gewöhnlichen Menschen, der wie jeder andere darum kämpfen mußte, das zu sagen, was er dachte.

Eduard war so beeindruckt von dem Gelesenen, daß er

ernsthaft erwog, ein Heiliger zu werden und den Unfall zu nutzen, um seinem Leben eine andere Richtung zu geben. Allein, seine beiden Beine waren gebrochen, und er hatte im Krankenhaus keine Vision, kam nicht an einem Bild vorbei, das seine Seele erschütterte, hatte keine Freunde, um mit ihnen auf der brasilianischen Hochebene eine Kapelle zu bauen, und die Wüsten waren weit weg und voll politischer Probleme. Dennoch konnte er etwas tun: malen lernen und versuchen, der Welt die Visionen zu zeigen, die jene Menschen gehabt hatten.

Nachdem man ihm den Gips abgenommen hatte und er in die Botschaft zurückgekehrt war, wo er von anderen Diplomaten seinem Rang als Botschafterssohn entsprechend verwöhnt und umsorgt wurde, bat er seine Mutter, ihn in einen Malkurs einzuschreiben.

Sie meinte, daß er in der Amerikanischen Schule schon viel zuviel versäumt habe und sich jetzt daran machen müsse, die verlorene Zeit aufzuholen. Eduard weigerte sich. Er hatte nicht die geringste Lust, Geographie und andere Naturwissenschaften zu lernen.

Er wollte Maler werden. In einem unbedachten Augenblick sagte er den Grund:

»Ich muß die Visionen des Paradieses malen.«

Die Mutter sagte nichts und versprach, mit ihren Freundinnen zu sprechen, um herauszufinden, welches der beste Malkurs der Stadt war.

Als der Botschafter an jenem Abend von der Arbeit nach Hause kam, fand er sie weinend in ihrem Zimmer.

»Unser Sohn ist verrückt«, sagte sie, und Tränen liefen ihr übers Gesicht. »Der Unfall hat sein Gehirn angegriffen.«

»Unmöglich«, entgegnete empört der Botschafter. »Die Vertrauensärzte der Amerikaner haben ihn doch untersucht.«

Die Frau erzählte, was sie gehört hatte.

»Das ist ganz normales jugendliches Aufbegehren. Wart's nur ab, alles wird wieder gut.«

Dieses Mal führte das Warten zu nichts, denn Eduard hatte es eilig, mit dem Leben zu beginnen. Zwei Tage später schrieb er sich, nachdem er keine Lust mehr hatte, auf eine Entscheidung der Freundinnen seiner Mutter zu warten, selbst in einen Malkurs ein. Begann Farb- und Perspektivlehre zu studieren, begann aber auch mit Leuten zusammen zu sein, die nie über Turnschuhmarken und Automodelle redeten.

»Er ist mit Künstlern zusammen!« jammerte die Mutter dem Botschafter vor.

»Laß den Jungen«, antwortete der Botschafter. »Irgendwann hat er genug davon, wie von seiner Freundin, den Kristallen, den Pyramiden, den Räucherstäbchen und dem Marihuana.«

Doch die Zeit verging, und Eduards Zimmer verwandelte sich in ein improvisiertes Atelier mit Bildern, die seinen Eltern überhaupt nichts sagten: Es waren Kreise, exotische Farbkombinationen, primitive Symbole vermischt mit betenden Gestalten.

Eduard, der einsame Junge, der in den zwei Jahren in Brasilia nie Freunde heimgebracht hatte, füllte nun das Haus mit merkwürdigen, schlecht gekleideten Leuten mit zerzausten Haaren, die scheußliche Platten in voller Lautstärke hörten, haltlos rauchten und tranken und schlechte Manieren an den Tag legten. Eines Tages bestellte die Direktorin der Amerikanischen Schule die Botschaftergattin zu einem Gespräch.

»Ihr Sohn muß mit Drogen in Kontakt gekommen sein«, sagte sie. »Seine schulischen Leistungen sind miserabel, und wenn er so weitermacht, können wir ihn nicht auf der Schule behalten.«

Die Frau begab sich sofort ins Büro des Botschafters und berichtete, was sie gerade gehört hatte.

»Du sagst die ganze Zeit, daß alles wieder gut wird!« schrie sie hysterisch. »Dein Sohn ist drogensüchtig, verrückt, hat einen schweren Hirnschaden, während du dich nur um Cocktails und Empfänge kümmerst.«

»Leiser, bitte«, bat er.

»Ich rede überhaupt nicht leiser, nie mehr in meinem Leben, solange du deine Haltung nicht änderst! Dieser Junge braucht Hilfe, verstehst du? Ärztliche Hilfe! Tu endlich was!«

Aus Angst, der Aufstand seiner Frau könnte ihn bei seinen Angestellten in ein schlechtes Licht rücken, aber auch weil ihm Eduards Malfimmel zu weit ging, überlegte sich der Botschafter als praktischer und gewiefter Mensch eine Strategie, um das Problem in den Griff zu bekommen.

Zuerst rief er seinen amerikanischen Kollegen an und bat ihn, erneut die medizinischen Dienste der Botschaft beanspruchen zu dürfen. Der Bitte wurde entsprochen.

Er ging zu den bei der amerikanischen Botschaft akkreditierten Ärzten, erklärte ihnen die Lage und bat darum, die Ergebnisse der damals gemachten Untersuchungen noch einmal durchzusehen. Die Ärzte, die befürchteten, es könnte ihnen ein Prozeß gemacht werden, erfüllten seinen Wunsch und kamen zum Schluß, daß alles normal war. Bevor der Botschafter ging, ließen ihn die Ärzte ein Dokument unterzeichnen, wonach er die amerikanische Botschaft nicht dafür haftbar machte, ihn an ihre Vertrauensärzte verwiesen zu haben.

Anschließend begab sich der Botschafter ins Krankenhaus, in dem Eduard behandelt worden war. Er sprach mit dem Direktor, setzte ihm das Problem seines Sohnes auseinander und bat, Eduard unter dem Vorwand eines Routine-Check-ups einem Drogentest zu unterziehen.

Das geschah. Keine Spur von einer Droge.

Jetzt blieb noch der dritte Teil der Strategie: mit Eduard reden und herausfinden, was los war. Nur wenn er alle Informationen hatte, konnte der Botschafter eine angemessene Entscheidung treffen.

Vater und Sohn nahmen im Wohnzimmer Platz.

»Du machst deiner Mutter Sorgen«, sagte der Botschafter. »Deine Noten sind schlechter geworden, es besteht die Gefahr, daß du von der Schule gehen mußt.«

»Meine Malnoten werden dafür immer besser, Vater.«

»Ich finde dein Interesse an der Kunst zwar sehr schön, doch du hast noch das ganze Leben vor dir, um malen zu können. Im Augenblick geht es darum, die Oberstufe abzuschließen, damit ich dich in die diplomatische Laufbahn bringe.«

Eduard dachte lange nach, bevor er etwas sagte. Er ließ den Unfall noch einmal vor seinem inneren Auge ablaufen, dachte an das Buch über die Visionäre, das im Grunde nur ein Vorwand gewesen war, seine wahre Berufung zu finden, er dachte an Maria, von der er nie wieder gehört hatte. Er zögerte lange, doch dann antwortete er:

»Vater, ich möchte nicht Diplomat werden, sondern Maler.«

Der Vater war auf diese Antwort schon vorbereitet und wußte, wie er sie umgehen konnte.

»Du wirst Maler werden, aber vorher mach die Schule zu Ende. Wir werden in Belgrad, Zagreb, Ljubljana und Sarajewo Ausstellungen organisieren. Mit meinen Beziehungen kann ich dir helfen, aber vorher mußt du deine Ausbildung abschließen.«

»Wenn ich das tue, wähle ich den einfacheren Weg, Vater. Ich gehe auf irgendeine Uni, studiere, was mich nicht interessiert, was mir aber Geld einbringt. Dann wird die Malerei in den Hintergrund, an die zweite Stelle rücken, und ich werde meine Berufung allmählich vergessen. Ich muß lernen, mit der Malerei Geld zu verdienen.«

Der Botschafter wurde allmählich böse.

»Du hast alles, mein Sohn: Eltern, die dich lieben, ein Haus, Geld, gesellschaftliche Stellung. Aber du weißt, daß unser Land augenblicklich schwierige Zeiten durchmacht. Es kursieren Gerüchte, daß es einen Bürgerkrieg geben könnte. Vielleicht kann ich dir morgen schon nicht mehr helfen.«

»Ich werde mir schon selber zu helfen wissen, Vater. Vertraue mir. Eines Tages werde ich eine Serie mit dem Titel ›Visionen des Paradieses‹ malen. Es wird die Geschichte dessen darstellen, was Männer und Frauen bisher nur in ihren Herzen erlebt haben.«

Der Botschafter lobte die Entschlossenheit seines Sohnes, beendete das Gespräch mit einem Lächeln und beschloß, ihm eine Frist von einem Monat zu geben – schließlich war ja die Diplomatie auch die Kunst, Entscheidungen aufzuschieben, bis die Probleme sich von selbst erledigen.

Der Monat verging. Und Eduard widmete weiter seine ganze Zeit der Malerei, den merkwürdigen Freunden und der Musik, die darauf angelegt zu sein schien, das seelische Gleichgewicht zu zerstören. Was die Sache noch schlimmer machte, war, daß er von der Amerikanischen Schule flog, weil er mit der Lehrerin über die Existenz der Heiligen gestritten hatte.

Da eine Entscheidung nicht mehr aufgeschoben werden konnte, bestellte der Botschafter den Sohn in einem letzten Versuch zu einem Gespräch unter Männern.

»Eduard, du bist alt genug, um die Verantwortung für dein Leben zu übernehmen. Wir haben alles, solange es ging, ertragen, doch jetzt ist der Augenblick gekommen, wo Schluß mit diesem Blödsinn ist, daß du Maler werden willst, und Zeit, deine Karriere zu planen.«

»Aber Vater, Maler werden ist doch auch eine Karriere.«

»Du siehst offensichtlich unsere Liebe, unsere Bemühungen nicht, dir eine gute Ausbildung zu geben. Da du früher nicht so warst, kann ich das nur auf den Unfall zurückführen.«

»Verstehe doch bitte, daß ich euch beide mehr als sonst jemanden auf der Welt oder in meinem Leben liebe!«

Der Botschafter räusperte sich. Er war so direkte Gefühlsäußerungen nicht gewohnt.

»Dann tue im Namen dieser Liebe, die du für uns empfindest, was deine Mutter von dir möchte. Laß eine Zeitlang diese Geschichte mit der Malerei, such dir Freunde, die deiner gesellschaftlichen Position entsprechen, und geh wieder zur Schule.«

»Du liebst mich doch, Vater. Das kannst du nicht von mir verlangen, denn du bist mir immer ein Beispiel dafür gewesen, daß man um das, was man will, kämpfen muß. Du kannst nicht von mir wollen, daß ich ein Mann ohne eigenen Willen bin.«

»Ich sagte: im Namen der Liebe. Ich habe das nie zuvor gesagt, mein Sohn, aber ich bitte dich jetzt. Um der Liebe willen, die du für uns empfindest, um der Liebe willen, die wir für dich empfinden, komm nach Hause zurück, nicht nur im physischen Sinne, sondern ganz real. Du machst dir etwas vor, fliehst vor der Realität.

Seit deiner Geburt haben wir unsere ganzen Hoffnungen in dich gesetzt. Du bist alles für uns, unsere Zukunft und unsere Vergangenheit. Deine Großeltern waren Beamte, und ich mußte wie ein Stier kämpfen, um die diplomatische Laufbahn einzuschlagen und dort Karriere zu machen. Das alles nur, um dir den Weg freizumachen, dir die Dinge zu erleichtern. Ich besitze noch den Füllfederhalter, mit dem ich mein erstes Dokument als Botschafter unterzeichnete, und habe ihn voller Zärtlichkeit verwahrt, um ihn dir an dem Tag zu vermachen, an dem du das gleiche tust.

Enttäusche uns nicht, mein Sohn. Wir haben nicht mehr viel Zeit zu leben, wir wollen ruhig sterben im Wissen, daß du deinen Weg im Leben machst.

Wenn du uns wirklich liebst, tu, um was ich dich bitte. Wenn du uns nicht liebst, mach so weiter wie bisher.«

Eduard blickte viele Stunden lang in den Himmel von Brasilia, schaute den Wolken nach, die wunderschön durch das Blau schwebten, doch keinen einzigen Regentropfen für den trockenen Boden der zentralen Hochebene mit sich führten. Er war leer wie sie.

Würde er an seiner Wahl festhalten, würde seine Mutter am Leid zugrunde gehen, sein Vater würde die Begeisterung für seinen Beruf verlieren, beide würden sich die Schuld daran geben, bei der Erziehung ihres geliebten Sohnes versagt zu haben. Würde er die Malerei aufgeben, würden die Visionen des Paradieses nie entstehen, und nichts mehr auf dieser Welt würde in ihm Begeisterung oder Freude auslösen können.

Er blickte um sich, sah seine Bilder, erinnerte sich an die Liebe und den Sinn in jedem Pinselstrich und fand sie alle mittelmäßig. Er war ein Betrüger, er wollte etwas, für das er nie erwählt worden war, und der Preis dafür war die Enttäuschung seiner Eltern.

Die Visionen des Paradieses, das war etwas für die erwählten Menschen, die, die in Büchern als Helden und Märtyrer des Glaubens erwähnt werden. Menschen, die schon von Kindesbeinen an wußten, daß die Welt ihrer bedurfte. Was in dem Buch stand, war pure Erfindung.

Beim Abendessen sagte er seinen Eltern, daß sie recht hätten. Alles wäre nur ein Jugendtraum gewesen, und seine Begeisterung für die Malerei sei auch vorbei. Die Eltern waren zufrieden, die Mutter weinte vor Freude und umarmte den Sohn. Die Normalität war wieder eingekehrt.

Nachts feierte der Botschafter heimlich seinen Sieg mit einer Flasche Champagner, die er allein austrank. Als er ins Schlafzimmer kam, schlief seine Frau schon tief und fest, das erste Mal seit vielen Monaten.

Am nächsten Tag fanden sie Eduards Zimmer verwüstet vor, die Bilder waren mit einem scharfen Gegenstand zerstört worden, und der Junge saß in einer Ecke und blickte in den Himmel. Die Mutter umarmte ihn und sagte, daß sie ihn liebe, doch Eduard antwortete nicht.

Er wollte von Liebe nichts mehr wissen, davon hatte er genug. Er dachte, daß er seinen Traum aufgeben und den Rat seines Vaters befolgen könnte, doch er war in seiner Arbeit schon zu weit fortgeschritten: Er hatte die Schlucht, die den Menschen von seinem Traum trennt, bereits überwunden und konnte jetzt nicht wieder zurück.

Er konnte weder voran- noch zurückgehen. Da war es einfacher, von der Bühne abzutreten.

Eduard blieb noch fünf Monate in Brasilien, wurde von Spezialisten behandelt, die eine seltene, möglicherweise von dem Fahrradunfall herrührende Form der Schizophrenie diagnostizierten. Als in Jugoslawien der Bürgerkrieg ausbrach, wurde der Botschafter umgehend in sein Land zurückgerufen; die Probleme häuften sich derart, daß die Eltern sich nicht um Eduard kümmern konnten. Der einzige Ausweg war, ihn in dem kürzlich eröffneten Sanatorium Villete unterzubringen.

Als Eduard seine Geschichte zu Ende erzählt hatte, war es dunkel geworden, und beide zitterten vor Kälte.

»Laß uns hineingehen«, sagte er. »Das Abendessen steht schon auf dem Tisch.«

»Als Kind habe ich immer, wenn wir meine Großmutter besuchten, ein Bild an ihrer Wand betrachtet. Es stellte eine Frau dar – die Heilige Jungfrau, wie die Katholiken sie nennen –, die über der Welt schwebte und die Arme zur Erde hin ausgebreitet hatte; aus ihren Fingerspitzen kamen Strahlen.

Am meisten beeindruckt hat mich an dem Bild, daß diese Frau den Fuß auf eine lebende Schlange gesetzt hatte. Ich fragte meine Großmutter: ›Hat sie keine Angst vor der Schlange? Fürchtet sie nicht, daß sie sie in den Fuß beißen und sie mit ihrem Gift töten könnte?‹

Meine Großmutter sagte: ›Die Schlange hat Gut und Böse auf die Welt gebracht, wie es in der Bibel heißt. Und die Heilige Jungfrau lenkt Gut und Böse mit ihrer Liebe.‹«

»Was hat das mit meiner Geschichte zu tun?«

»Da ich dich erst seit einer Woche kenne, ist es zu früh zu sagen, ich liebe dich. Da ich diese Nacht nicht überleben werde, ist es viel zu spät, es dir zu sagen. Doch die große Verrücktheit von Mann und Frau ist eben gerade diese: die Liebe.

Du hast mir die Geschichte einer Liebe erzählt. Ich glaube ganz ehrlich, daß deine Eltern das Beste für dich wollten, aber diese Liebe hat dein Leben beinahe zerstört. Wenn die Heilige Jungfrau auf dem Bild meiner Großmutter den Fuß auf die Schlange gesetzt hatte, dann bedeutete das, daß die Liebe zwei Gesichter hat.«

»Ich verstehe, was du damit sagen willst«, sagte Eduard. »Ich habe den Elektroschock extra herbeigeführt, weil du mich verwirrst. Ich weiß nicht, was ich fühle, und Liebe hat mich schon einmal zerstört.«

»Hab keine Angst. Heute habe ich Dr. Igor gebeten, mich hier heraus zu lassen, damit ich mir einen Platz aussuche, an dem ich meine Augen für immer schließe. Doch als ich sah, wie dich die Krankenpfleger packten, begriff ich, was ich sehen wollte, wenn ich diese Welt verließ: dein Gesicht. Und ich beschloß, nicht wegzugehen.

Als du wegen des Elektroschocks schliefst, hatte ich einen weiteren Herzanfall und dachte, meine Stunde sei gekommen. Ich sah dein Gesicht an, versuchte deine Geschichte zu erraten und bereitete mich darauf vor, glücklich zu sterben. Doch der Tod kam nicht – mein Herz hielt wieder einmal stand, wahrscheinlich, weil ich so jung bin.«

Er senkte den Kopf.

»Schäme dich nicht, weil du geliebt wirst. Ich will nichts von dir. Nur, daß du mir erlaubst, dich zu lieben und, falls meine Kräfte es zulassen, noch eine Nacht für dich Klavier zu spielen.

Um eines möchte ich dich dennoch bitten: Wenn du jemanden sagen hörst, daß ich im Sterben liege, komm in die Krankenstation. Erfülle mir nur diesen einen Wunsch.«

Eduard schwieg eine geraume Weile, und Veronika

dachte, er sei in seine Welt zurückgekehrt und würde sie so schnell nicht wieder verlassen. Doch er blickte auf die Berge jenseits der Mauern von Villete und sagte dann:

»Wenn du hinaus willst, bringe ich dich hinaus. Lass mich nur unsere Mäntel und etwas Geld holen. Dann gehen wir beide zusammen weg.«

»Es wird nicht lange dauern, Eduard. Das weißt du.«

Eduard antwortete nicht. Er ging ins Haus und kam kurz darauf mit den Mänteln zurück.

»Es wird eine Ewigkeit lang dauern, Veronika. Länger als alle die gleichförmigen Tage und Nächte, die ich hier verbracht habe, während ich versuchte, die Visionen des Paradieses für immer zu vergessen. Ich hatte sie fast vergessen, aber mir scheint, sie kehren zurück.

Laß uns gehen, Verrückte machen verrückte Dinge.«

An jenem Abend bemerkten die Insassen, als sie sich zum Essen an den Tisch setzten, daß vier von ihnen fehlten.

Zedka, von der alle wußten, daß sie nach einer langen Behandlung entlassen worden war. Mari, die wahrscheinlich ins Kino gegangen war, was sie häufiger machte. Eduard, der sich möglicherweise noch nicht von seinem Elektroschock erholt hatte – bei diesem Gedanken bekamen alle Insassen Angst und begannen schweigend zu essen.

Aber es fehlte auch noch die junge Frau mit den grünen Augen und dem braunen Haar. Die, von der alle wußten, daß sie das Ende der Woche nicht mehr erleben würde.

Niemand in Villete sprach offen über den Tod. Doch Abwesenheit wurde bemerkt, auch wenn alle versuchten, sich so zu verhalten, als sei nichts geschehen.

Ein Gerücht ging von Tisch zu Tisch. Einige weinten, weil sie allen so quicklebendig vorgekommen war und jetzt womöglich in der kleinen Leichenhalle hinter dem Sanatorium lag. Selbst am Tage, wenn alles hell war, wagten sich nur die Mutigsten dorthin. Drei Marmortische standen dort, und nicht selten lag dort auch ein mit einem Laken bedeckter Leichnam.

Alle wußten, daß Veronika an diesem Abend dort war. Die echten Geisteskranken hatten längst vergessen, daß in dieser Woche ein neuer Gast im Sanatorium war, der den Schlaf so mancher mit Klavierspiel gestört hatte. Einige wenige waren irgendwie traurig, als die Nachricht die Runde machte, vor allem die Krankenschwestern der Intensivstation. Doch die Angestellten sollten ja keine zu engen Beziehungen mit den Kranken aufbauen, denn die einen verließen die Anstalt, andere starben, und den meisten ging es ständig schlechter. Die Krankenschwestern und Pfleger waren etwas länger traurig, doch dann ging auch das vorbei.

Der größte Teil der Insassen, die davon erfahren hatten, war entsetzt und traurig, aber auch erleichtert. Denn der Engel des Todes war wieder einmal durch Villete gegangen und hatte sie verschont.

Als die ›Bruderschaft‹ sich nach dem Abendessen versammelte, brachte ein Mitglied die Neuigkeit mit: Mari war nicht im Kino, sie war endgültig weggegangen und hatte ihm eine Nachricht hinterlassen.

Niemand schien sich darüber zu wundern: Sie war immer anders gewesen, zu verrückt, unfähig, sich der idealen Situation anzupassen, in der sie hier alle lebten.

»Mari hat nie begriffen, wie glücklich wir hier sind«, sagte einer von ihnen. »Wir haben Freunde mit gemeinsamen Neigungen, ein geregeltes Leben, hin und wieder nehmen wir draußen an einer Veranstaltung teil, laden Leute ein, die uns über wichtige Dinge Vorträge halten, diskutieren deren Vorstellungen. Unser Leben befindet sich in vollkommenem Gleichgewicht. Draußen gibt es viele, die von einem solchen Leben nur träumen können.«

»Einmal ganz davon abgesehen, daß wir in Villete vor der Arbeitslosigkeit, vor den Auswirkungen des Bosnienkrieges, den Wirtschaftsproblemen, der Gewalt geschützt sind«, meinte ein anderer. »Wir haben die Harmonie gefunden.«

»Mari hat mir einen Brief dagelassen«, sagte der, der die Nachricht überbracht hatte, und zeigte einen verschlossenen Umschlag. »Sie hat mich gebeten, ihn als eine Art Abschied laut vorzulesen.«

Der Älteste von allen öffnete den Umschlag und kam Maris Wunsch nach. Als er bei der Hälfte angelangt war, wollte er aufhören, doch dazu war es zu spät, und so las er bis zum Ende.

Als ich noch eine junge Anwältin war, habe ich bei einem englischen Dichter einen Satz gelesen, der mich nachhaltig geprägt hat: »Sei wie der überfließende Brunnen und nicht wie die Schale, die immer gleich viel Wasser enthält.« Ich dachte immer, daß der Dichter irrte, weil es gefährlich war überzuströmen, weil wir Bereiche überschwemmen könnten, in denen geliebte Menschen leben, und sie mit unserer Liebe und unserer Begeisterung ertränken. Daher versuchte ich, mich mein ganzes Leben lang wie die Schale zu verhalten, niemals die Grenzen meiner inneren Wände zu überwinden.

Dann erlebte ich aus Gründen, die ich nie verstehen werde, Panikattacken. Ich verwandelte mich genau in das, was zu sein ich immer vermeiden wollte: eine Quelle, die überlief und alles um mich herum überschwemmte. Das Ergebnis war meine Einlieferung in Villete.

Nachdem ich geheilt war, wurde ich wieder zur Schale, und dann traf ich Euch. Habt Dank für Eure Freundschaft, Eure Liebe und für so viele glückliche Augenblicke. Wir haben wie die Fische in einem Aquarium zusammengelebt, glücklich, weil jemand uns pünktlich das Futter hineinstreute. Und wir konnten, wann immer wir wollten, die Welt draußen durch die Scheibe betrachten.

Doch gestern wegen eines Klaviers und wegen einer

Frau, die sicher heute schon tot ist, habe ich etwas sehr Wichtiges herausgefunden: Das Leben hier drinnen ist genauso wie das Leben draußen. Dort wie hier finden sich die Menschen in Gruppen zusammen, richten ihre Mauern auf und lassen nicht zu, daß etwas Fremdes ihr mittelmäßiges Leben stört. Sie machen Dinge aus Gewohnheit, gehen nutzlosen Problemen auf den Grund und amüsieren sich, weil sie verpflichtet sind, sich zu amüsieren, und was den Rest der Welt betrifft, so soll er zum Teufel gehen und sehen, wie er klarkommt. Allerhöchstens sehen sie sich, wie wir es auch getan haben, die Nachrichten im Fernsehen an, nur damit sie merken, wie glücklich sie in einer Welt voller Probleme und Ungerechtigkeit sein können.

Oder anders gesagt: Das Leben in der ›Bruderschaft‹ ist genau wie das Leben in der Welt dort draußen. Alle vermeiden zu wissen, was sich jenseits ihrer Aquariumswände abspielt. Lange Zeit hindurch war dies tröstlich und gut. Doch man ändert sich, und jetzt bin ich auf der Suche nach dem Abenteuer. Auch wenn ich schon 65 Jahre alt bin und weiß, welche Beschränkungen mir das Alter auferlegt. Ich werde nach Bosnien gehen. Dort gibt es Menschen, die auf mich warten, obwohl sie mich nicht kennen und auch ich sie nicht kenne. Doch ich weiß, daß ich nützlich sein kann, und das Risiko eines Abenteuers ist mehr wert als tausend Tage Wohlleben und Bequemlichkeit.

Im Anschluß an die Verlesung des Briefes gingen die Mitglieder der ›Bruderschaft‹ in ihre Zimmer oder Krankenstationen und sagten sich, daß Mari endgültig verrückt geworden sei.

Eduard und Veronika suchten sich das teuerste Restaurant in Ljubljana aus, bestellten die besten Gerichte, betranken sich mit drei Flaschen Wein Jahrgang 88, einem Jahrhunderttropfen. Während des Abendessens erwähnten sie weder Villete noch die Vergangenheit, noch die Zukunft.

»Mir hat die Geschichte mit der Schlange gefallen«, sagte er und füllte sein Glas zum x-ten Mal. »Aber deine Großmutter war sehr alt, sie wußte nicht, wie man die Geschichte richtig interpretiert.«

»Nichts gegen meine Großmutter«, rief Veronika, die schon betrunken war, und alle drehten sich nach ihr um.

»Ein Hoch auf die Großmutter dieser jungen Frau!« sagte Eduard und erhob sich. »Ein Hoch auf die Großmutter dieser Verrückten hier, die wahrscheinlich aus Villete abgehauen ist.«

Die Leute wandten sich wieder ihren Tellern zu und taten so, als hätten sie nichts bemerkt.

»Ein Hoch auf meine Großmutter!« setzte Veronika nach.

Der Restaurantbesitzer trat an ihren Tisch.

»Bitte, benehmen Sie sich anständig.«

Sie beruhigten sich einen Moment lang, fingen dann jedoch wieder an, laut zu reden, sinnloses Zeug zu schwätzen, sich unmöglich aufzuführen. Der Besitzer des Restaurants kam wieder an ihren Tisch und sagte, sie brauchten nicht zu zahlen, wenn sie augenblicklich das Restaurant verließen.

»Wir bekommen den sündhaft teuren Wein umsonst!« prostete Eduard. »Wir sollten verschwinden, bevor es sich der Mann anders überlegt.«

Doch der Mann überlegte es sich nicht anders. Er zog bereits mit gespielter Höflichkeit an Veronikas Stuhl, damit sie sich schnell erhob.

Sie gingen mitten auf den kleinen Platz im Stadtzentrum. Veronika blickte zu ihrem Zimmer im Kloster hinauf und wurde auf der Stelle nüchtern. Ihr fiel wieder ein, daß sie bald sterben würde.

»Kauf doch noch eine Flasche Wein«, bat sie Eduard.

Es gab eine Bar in der Nähe. Eduard brachte zwei Flaschen mit, und sie tranken weiter.

»Was war denn falsch an der Deutung meiner Großmutter?« fragte Veronika.

Eduard war so betrunken, daß er große Mühe hatte, sich an das zu erinnern, was er im Restaurant gesagt hatte.

»Deine Großmutter hat gesagt, daß die Frau den Fuß auf die Schlange setzte, weil die Liebe Gut und Böse lenken muß. Das ist eine schöne, romantische Interpretation, doch darum geht es hier nicht. Ich habe dieses Bild schon gesehen, und es ist eine der Visionen des Paradieses, die ich einmal malen wollte. Ich hatte mich schon damals gefragt, warum die Heilige Jungfrau immer so dargestellt wurde.«

»Und warum?«

»Weil die Heilige Jungfrau, die weibliche Energie, die große Beherrscherin der Schlange ist, die die Weisheit darstellt. Wenn du auf den Ring von Dr. Igor achtest, wirst du feststellen, daß das Symbol der Ärzte darin eingraviert ist:

zwei Schlangen, die sich um einen Stab winden. Die Liebe steht über der Weisheit wie die Heilige Jungfrau über der Schlange. Für sie ist alles Inspiration. Sie richtet nicht über Gut und Böse.«

»Weißt du was?« fragte Veronika. »Die Heilige Jungfrau hat sich nie darum gekümmert, was die anderen dachten. Stell dir vor, was es heißt, allen die Geschichte mit dem Heiligen Geist zu erklären! Sie hat überhaupt nichts erklärt. Sie hat einfach nur gesagt: ›Es ist so geschehen.‹ Weißt du, was die anderen wahrscheinlich gesagt haben?«

»Na klar. Die haben gesagt, sie ist verrückt.«

Die beiden lachten. Veronika hob ihr Glas.

»Herzlichen Glückwunsch! Du solltest diese Visionen des Paradieses *malen,* statt darüber zu reden!«

»Ich fange erst mal mit dir an«, antwortete Eduard.

Neben dem kleinen Platz erhebt sich ein kleiner Hügel, und auf dem Hügel steht eine kleine Burg. Veronika und Eduard gingen den steilen Weg hinauf, fluchten und lachten, während sie auf dem Eis ausrutschten und meinten, nicht mehr weiter zu können.

Neben der Burg steht ein riesiger gelber Kran. Wer zum ersten Mal nach Ljubljana kommt, wird annehmen, daß die Burg restauriert wird und die Arbeiten bald abgeschlossen sein werden. Die Bewohner Ljubljanas wissen jedoch, daß dieser Kran schon seit Jahren dort steht, obwohl niemand den wahren Grund dafür kennt. Veronika erzählte Eduard, daß die Kinder im Kindergarten, wenn man ihnen sagt, sie sollen die Burg von Ljubljana malen, immer auch den Kran malen.

»Im übrigen ist der Kran besser erhalten als die Burg.«

Eduard lachte.

»Eigentlich müßtest du längst tot sein«, sagte er leicht lallend, doch mit einem Anflug von Angst in der Stimme. »Dein Herz hätte diesen Aufstieg nicht aushalten dürfen.«

Veronika gab ihm einen langen Kuß.

»Schau mein Gesicht genau an«, sagte sie. »Schau es dir mit den Augen deiner Seele an, damit du es eines Tages zeichnen kannst. Wenn du möchtest, fang erst mal mit mir an, aber fang wieder an zu malen. Das ist mein letzter Wunsch. Glaubst du übrigens an Gott?«

»Ja, schon.«

»Dann schwöre mir im Namen des Gottes, an den du glaubst, daß du mich malen wirst.«

»Ich schwöre es.«

»Und daß du, nachdem du mich gemalt hast, weitermalen wirst.«

»Ich weiß nicht, ob ich das schwören kann.«

»Das kannst du. Und ich möchte dir noch etwas sagen. Danke, daß du meinem Leben einen Sinn gegeben hast. Ich bin auf diese Welt gekommen, um alles durchzumachen, was ich durchgemacht habe: Ich habe versucht, mich umzubringen, mein Herz zu zerstören. Ich habe dich getroffen, und wir sind zur Burg hinaufgestiegen. Der wahre Sinn meines Lebens aber ist, dich auf den Weg zurückzuführen, den du aufgegeben hattest. Laß nun mein Leben nicht seinen Sinn verlieren, gib mir nicht das Gefühl, daß es nutzlos war.«

»Vielleicht ist es zu früh oder zu spät, aber ich möchte dir auch etwas sagen, genau wie du es getan hast: Ich liebe dich.

Du brauchst es nicht zu glauben, vielleicht ist es ja dumm, etwas, das ich mir einbilde.«

Veronika umarmte Eduard und bat Gott, an den sie nicht glaubte, sie in diesem Augenblick zu sich zu nehmen.

Sie schloß die Augen, fühlte, daß auch Eduard die Augen schloß. Und der Schlaf überfiel sie, tief und traumlos. Der Tod war süß. Er kam als junger Mann, der nach Wein roch und ihr Haar liebkoste.

Eduard spürte, wie jemand ihm auf die Schulter tippte. Als er die Augen öffnete, begann es zu tagen.

»Sie können bei der Stadtverwaltung um eine Unterkunft bitten«, sagte der Polizist. »Wenn sie hierbleiben, erfrieren Sie noch.«

In Sekundenbruchteilen erinnerte er sich an das, was in der vorangegangenen Nacht geschehen war. In seinen Armen lag zusammengekrümmt eine Frau.

»Sie... sie ist tot.«

Doch die Frau bewegte sich und öffnete die Augen.

»Was ist geschehen?« fragte Veronika.

»Nichts«, antwortete Eduard und zog sie hoch. »Oder besser gesagt, ein Wunder: noch ein Tag, an dem du lebst.«

Kaum war Dr. Igor in sein Sprechzimmer getreten und hatte das Licht angemacht – es wurde immer noch erst sehr spät hell, dieser Winter dauerte länger als nötig –, da klopfte ein Krankenpfleger an die Tür.

›Das fängt aber früh an heute‹, sagte er sich.

Wegen des Gesprächs mit der jungen Frau würde dies ein komplizierter Tag werden. Er hatte sich während der ganzen Woche darauf vorbereitet und in der Nacht kaum geschlafen.

»Ich habe zwei beunruhigende Neuigkeiten«, sagte der Pfleger. »Zwei Patienten sind geflohen: der Sohn des Botschafters und das Mädchen mit den Herzproblemen.«

»Ihr seid einfach unfähig. Die Sicherheit in diesem Krankenhaus läßt sehr zu wünschen übrig.«

»Bislang hat noch niemand versucht zu fliehen«, entgegnete der Krankenpfleger erschreckt. »Wir wußten nicht, daß das möglich ist.«

»Raus hier. Ich muß einen Bericht für die Besitzer verfassen, die Polizei benachrichtigen, eine Reihe von Maßnahmen einleiten. Und sagen Sie bitte allen, daß ich in den nächsten paar Stunden nicht gestört werden möchte.«

Der Krankenpfleger verließ bleich den Raum, denn er wußte, daß ein Teil dieses Problems wieder auf seinen Schultern landen würde, weil die Mächtigen mit den Schwächeren immer so umgehen. Ganz gewiß würde er noch vor Tagesende gefeuert werden.

Dr. Igor griff nach einem Block, legte ihn auf den Tisch und wollte gerade mit seinen Aufzeichnungen beginnen, als ihm etwas anderes einfiel.

Er löschte das Licht und blieb in dem von der eben aufgehenden Sonne erst schwach beleuchteten Zimmer sitzen und lächelte. Er hatte es geschafft.

Gleich würde er die notwendigen Aufzeichnungen machen, über die einzig bekannte Heilmethode für eine Vitriolvergiftung berichten: das Bewußtsein des Lebens. Und er würde erklären, welches das Medikament war, das er bei seinem ersten großen Versuch an einem Patienten gebraucht hatte: das Bewußtsein des Todes.

Vielleicht gab es andere Medikamente, doch Dr. Igor beschloß, seine These auf das einzige zu konzentrieren, was er dank einer jungen Frau wissenschaftlich untersucht hatte, die, ohne es zu wollen, in sein Leben getreten war. Sie hatte fast eine Woche lang zwischen Leben und Tod geschwebt, gerade lange genug, um ihm die glänzende Idee für sein Experiment einzugeben.

Alles hing nur von einem ab: von der Überlebensfähigkeit der jungen Frau.

Und sie hatte es geschafft.

Ohne ernsthafte Folgen oder unumkehrbare Schädigungen: Wenn sie sich um ihre Gesundheit kümmerte, würde sie mindestens so lange leben wie er, wenn nicht noch länger.

Doch das wußte nur Dr. Igor, aber auch, daß Selbstmörder, deren erster Versuch zu sterben fehlgeschlagen ist, früher oder später einen weiteren Versuch unternehmen, wußte er.

Warum sollte er sie da nicht als Versuchskaninchen benutzen und ausprobieren, ob sich das Vitriol – oder die Bitterkeit – aus ihrem Körper eliminieren ließ?

Und Dr. Igor machte einen Plan.

Indem er Veronika ein Medikament namens Fenotal gab, konnte er die Symptome eines Herzanfalls simulieren. Eine Woche lang wurde ihr dieses Medikament gespritzt, und sie mußte einen großen Schreck bekommen haben, weil sie Zeit hatte, über den Tod nachzudenken und ihr Leben noch einmal an sich vorbeiziehen zu lassen. Dieser Schreck hatte dazu geführt, daß die junge Frau – entsprechend der These von Dr. Igor – das Vitriol vollständig aus ihrem Körper ausschied und vermutlich keinen zweiten Selbstmordversuch unternehmen würde. (Das letzte Kapitel von Dr. Igors Buch würde den Titel tragen: ›Das Bewußtsein des Todes läßt uns das Leben intensiver leben‹.)

Heute wollte er eigentlich mit ihr sprechen, um ihr zu sagen, daß es ihm dank der Spritzen gelungen sei, die Herzattacken auszuschalten. Veronikas Flucht ersparte ihm weitere unangenehme Lügen.

Womit Dr. Igor nicht gerechnet hatte, war die ansteckende Wirkung der Heilung einer Vitriolvergiftung. Viele Patienten in Villete hatte das Bewußtsein eines langsamen unaufhaltsamen Todes erschreckt. Alle mußten an das denken, was ihnen entging, und waren gezwungen, ihr eigenes Leben zu überdenken.

Mari hatte um ihre Entlassung gebeten. Andere Kranke baten um die Neubewertung ihrer Fälle. Die Lage des Botschafterssohnes bereitete ihm die meisten Sorgen, weil er einfach verschwunden war und ganz gewiß Veronika bei ihrer Flucht geholfen hatte.

›Vielleicht sind sie ja zusammen‹, dachte er.

Auf jeden Fall kannte der Botschafterssohn ja die Adresse von Villete, für den Fall, daß er wieder zurückkommen wollte. Dr. Igor war zu begeistert von den Ergebnissen, als daß er sich um solche Nichtigkeiten kümmerte.

Doch ein anderer Zweifel befiel ihn plötzlich: Früher oder später würde Veronika merken, daß sie nicht an ihrem Herzen sterben würde. Sie würde bestimmt einen Spezialisten aufsuchen, und der würde ihr sagen, daß sie vollkommen gesund sei. Dann würde sie den Arzt, der sie in Villete behandelt hatte, für einen Versager halten. Doch alle Menschen, die es wagen, Verbotenes zu erforschen, brauchen eine gewisse Portion Mut und müssen ertragen, nicht verstanden zu werden.

Doch was würde während der vielen Tage geschehen, die sie mit dem Tod vor Augen leben müßte?

Dr. Igor machte sich lange Gedanken über das Für und das Wider und kam dann zum Schluß: Es war nicht weiter schlimm. Sie würde jeden Tag wie ein Wunder empfinden – was er ja letztlich auch war, wenn man alle Unwägbarkeiten unseres zerbrechlichen Lebens mit in Betracht zieht.

Er bemerkte, daß die Sonnenstrahlen stärker wurden: Das bedeutete Frühstückszeit für die Patienten. Bald würden sie sein Wartezimmer füllen und ihm die gewohnten Probleme vortragen. Da war es höchste Zeit, mit den Aufzeichnungen für sein Buch zu beginnen.

Peinlich genau schrieb er den Fall Veronika nieder. Den Bericht über die Sicherheitsmängel hob er sich für später auf.

Tag der heiligen Bernadette, 18. Februar 1998